Roman Rausch, 1961 geboren, lebt in Würzburg und Berlin. Er hat in den letzten vier Jahren sieben Kriminalromane geschrieben, die alle bei Rowohlt erschienen sind. Sein achter Kriminalroman *Das Mordkreuz* erscheint 2008.

Roman Rausch

MEET THE MONSTER

Krimi * Nautilus

KALIBER .64

Mein Dank gilt
Marjiana Vujanovic
für die Übersetzung
ins Berlinerische,
Silvia Mietzke für
die Überarbeitung,
Blanka und Anna
für die Kritik

Edition Nautilus
Verlag Lutz Schulenburg
Alte Holstenstraße 22
D-21031 Hamburg
www.edition-nautilus.de

Die Krimireihe
»Kaliber .64« wird
herausgegeben von
Volker Albers

Umschlaggestaltung:
Maja Bechert, Hamburg
www.majabechert.de
Originalveröffentlichung
Erstausgabe Februar 2008
Printed in Germany
by Fuldaer Verlagsanstalt
1. Auflage
ISBN 978-3-89401-568-8

»Man geht nie unvorbereitet in solche Gespräche.«
Dr. Thomas Müller, Kriminalpsychologe

Telefonnotiz
Berlin, 11. Februar 2008

von: KHK Jürgen Fiska, Leitung Soko »Nazareth«, Kriminalinspektion III, Berlin-Mitte
Gespräch mit: Dr. Felix Staudt, Kriminalpsychologe

In Kopie an: StA Rüdiger Skalzky, Staatsanwaltschaft Berlin
KHK Stefan Blücher, LKA 1, Berlin

+++ Zur Aufnahme in die Ermittlungsakten +++

Betrifft Befragung des Mike Warneke

Dr. Staudt lehnte zum wiederholten Mal Befragung des in der Karl-Bonhoeffer-Nervenklinik verwahrten Mike Warneke ab. Grund: Er sei seit einem Jahr nicht mehr als Sachverständiger tätig. Stattdessen konzentriere er sich ganz auf seine Malerei.

Mit Verweis auf die aktuellen Serientötungen der Sezen B. und der Hülya F. durch den von den Medien so bezeichneten *Türken-Schlitzer* ließ er sich überzeugen. Eine Kopie ausgewählter Ermittlungsergebnisse wird ihm zugestellt.

In Sachen Selima Kantaoui: Unser Mann ist für das Gespräch umfassend instruiert. Auf sein Betreiben hin wird eine Gegenüberstellung mit der Zeugin Shaadi Khorasani in die Wege geleitet.
gez. J. Fiska, KHK

13. Februar 2008, 16 Uhr, Besprechungszimmer

Ein Tisch, zwei Stühle. Dr. Felix Staudt hat die Ermittlungsakte vor sich ausgebreitet. Ihm gegenüber lümmelt Mike Warneke rauchend auf einem Stuhl. Ein Mikrofon und zwei Videokameras, jeweils hinter den Beiden angebracht, übermitteln das Gespräch in den Nebenraum zu KHK Fiska und seinen Kollegen.

Staudt, ein gepflegter Endfünfziger im legeren Zweiteiler und Seidentuch im Hemdkragen, fühlt sich in der tristen Umgebung der Karl-Bonhoeffer-Nervenklinik sichtlich unwohl. Er überspielt es mit der bemühten Freundlichkeit eines Gastes, der schnellstens die Heimreise antreten will.

Warneke, seit einem Jahr im Maßregelvollzug, wirkt innerlich ruhig, beinahe abgeklärt. Nach außen hin vermittelt er jedoch einen ungehobelten, aggressiven Eindruck. Die Jahre der Arbeitslosigkeit und des Alkoholismus haben Spuren in seinem Gesicht hinterlassen.

»Hallo Mike. Wie geht es Ihnen?«

»Tausch'n wa. Dann weeßte des.«

»Haben Sie Verständnis, wenn ich Ihr Angebot ausschlage. Es gefällt mir auf meiner Seite ganz gut. Was macht die Therapie?«

»Wenn de vorher nich bekloppt warst, hier drinne wirstes.«

»Fühlen Sie sich unzureichend behandelt?«

»Ick hab keen Bock auf die Scheiße hier. Wat soll'n dit ›Warum‹ und ›Wie‹? Wie soll ick dit wiss'n?«

»Es würde Ihnen helfen, wenn Sie sich Ihre Taten eingestehen.«

»Drauf jeschiss'n. Ick war dit nich.«

»Die Beweislage war erdrückend.«

»Nach deinem Profil könnte dit jeder Arsch im Kiez jewesen sein. Warum jerade icke, Mann?«

»Die Kriminalpolizei hat die Ermittlungen geführt. Ich stand nur beratend zur Seite ... Aber das ist Vergangenheit. Lassen Sie uns über den eigentlichen Grund meines Besuchs sprechen.«

»Schon klar. Isser wieder unterwegens, wa?«

»Wen meinen Sie?«

»Den Türken-Schlitzer. Darum biste doch hier.«

»Ich wurde von der Kriminalpolizei gebeten, mit Ihnen über die beiden Mordfälle zu sprechen, die sich seit August vergangenen Jahres zugetragen haben. Zwei junge türkische Frauen wurden tot auf dem Spielplatz hinter der Nazarethkirche gefunden. Sie waren grausam zugerichtet an eine Verstrebung genagelt worden. Ähnlich wie Christus am Kreuz. Ihre nackten Körper waren übersät mit Wunden, die ein scharfes Messer hinterlassen hat. Statt einer Dornenkrone trugen sie ein Kopftuch. Nur die Augen blickten darunter hervor. Somit hat der Täter ihnen zumindest ein wenig Würde zugestanden. Finden Sie das nicht auch?«

»Sach ick doch, isser wieder unterwegens. Da hast 'n Beweis. Ick war dit nich.«

»Die Kriminalpolizei geht von einem Nachahmungstäter aus.«

»So 'n Scheiß. Noch nich jepeilt, Klugscheißer, is der gleiche wie vor eenem Jahr. Weil ihr'n nich jekriegt habt, bin ick jetz Schuld.«

»Mike, das führt zu nichts. Solange Sie auf Ihrer Unschuld beharren, werden wahrscheinlich weitere Frauen qualvoll sterben. Helfen Sie der Kriminalpolizei mit Ihrem Wissen über diesen Tätertypus. Wie denkt er? Was fühlt er? Nach welchen Kriterien sucht er seine Opfer aus? Was hat es mit dieser Christus ähnlichen Zurschaustellung auf sich? Sie kennen eine Antwort darauf. Mit ihr hat die Polizei eine Chance, den Täter zu schnappen.«

»Dir jeht der Arsch uff Grundeis, mein Freund.«

»Ja, ich gebe zu, diese Morde lassen mich nicht unberührt.«

»Dit mein ick nich. Ick seh doch, wie de dir inne Hose scheißt. Wegen dein Profil-Jequatsche sitzt der Falsche in der Klapse.«

»Meine Schlussfolgerungen wurden durch zwei Kollegen bestätigt. Unabhängig davon ist der vom Gericht beauftragte Sachverständige zum gleichen Ergebnis gekommen. Mike, Sie sind krank. Deshalb wurden Sie dem Maßregelvollzug in einem psychiatrischen Krankenhaus zugeführt und nicht in eine Justizvollzugsanstalt eingewiesen. Lassen Sie sich helfen, damit Sie uns helfen können. Nur Sie verfügen über die notwendigen Informationen, um diesen Mann zu fassen.«

»Wat hab ick denn davon?«

»Die Staatsanwaltschaft sichert Ihnen eine Verlegung auf ein Einzelzimmer zu. Sie erhalten eine exklusive Betreuung durch den Chefarzt. Des Weiteren ein eigens auf Ihre Bedürfnisse abgestimmtes Freizeitangebot. Schließlich, eine halbjährliche Revision des Therapieverlaufs durch externe Sachverständige.«

»Is dit allet?«

»Entscheiden Sie sich, Mike. Wir haben keine Zeit zu verlieren.«

»Ja ja, is ja jut. Wat soll ick machen?«

»Lassen Sie uns Schritt für Schritt nachvollziehen, welche Fantasien den Täter antreiben, nach welchen Kriterien er seine Opfer aussucht und was er in den Tagen zwischen ihrem Verschwinden und ihrer Exposition mit ihnen anstellt.«

»Von mir aus. Wirste geil von, wa?«

»Beginnen wir mit den Opfern. Zwei türkische Frauen im Alter von neunzehn und zweiundzwanzig Jahren. Laut Aussage der Eltern wuchsen sie in einem intakten Elternhaus auf…«

»Bei die Kanaken is wat die Familie anjeht nach außen immer allet *intakt*. Aber kiekste ma hinter'n Schleier, jeht die gleiche Scheiße ab wie bei die Deutschen ooch.«

»Wieso bezeichnen Sie Türken als Kanaken?«

»Wieso'n nicht? Mach'n die doch selber. Kanake is keen Schimpfwort. Dit is'n Zeichen für die Zujehörigkeit.«

»Und, gehören Sie dazu?«

»Jetz erst recht. Ick sitz im Bau.«

»Nach Aussage der Geschwister und Freunde der Frauen gab es nichts Auffälliges an ihnen. Sie trugen das Kopftuch…«

»Und unten rum?«

»Was meinen Sie?«

»Wat ham die unter die Kinnspitze jetragen?«

»Laut Ermittlungsakte nichts Außergewöhnliches. Ich nehme an, normale Kleidung.«

»Und ick nehm an, du bist nich aus'm Wedding.«

»Davon können Sie ausgehen.«

»Dann wüsstest ooch, dass die kleenen Schlampen unter ihre Kopftücher aussehen, als wär'n se in 'nen Farbtopf jefallen und echt enge Jeans tragen, Alter. So eene kiekt dir inne Oogn und du verjisst jede andre Olle für. Verhüllte Weiber. Dass ick nich lache. Die woll'n jenauso jefickt werden wie alle andern.«

»Ist es das, was den Täter anspricht? Ein verhülltes Tabu?«

»Weeß ick nich. Ich lass die Finger von die Kanakenbräute.«

»Obwohl sie Ihnen gefallen?«

»Ick hab keen Bock auf Stress und Psychobrüder.«

»Schauen Sie sich einmal die Fotos der Leichen an. Hier, so wurden sie gefunden. Was sagt Ihnen das?«

»Dit is echt krank, Mann. Wer macht'n so wat: Kanaken uffschlitzen und se nackig an 'nen Zaun nageln. Will ick nich seh'n. Pack die Drecksfotos ma weg.«

»Auch wenn es Ihnen schwer fällt, wieso legt der Täter seine Opfer in dieser degradierenden Art und Weise ab? Was will er damit zum Ausdruck bringen?«

»Wieso, weshalb, warum? Keene Ahnung, Alter! Weil dit 'n verfickter Psycho is. Jenauso eener wie du. Find den Wichser und lass mich hier raus.«

»Die Frauen wurden nicht berührt … entschuldigen Sie, ich meinte, es fand kein Geschlechtsverkehr statt. Hat er keinerlei sexuellen Bedürfnisse? Die Frauen waren durchweg hübsch … und jungfräulich obendrein.«

»Findste geil, wa?«

»Was?«

»Dit Jungfrauenjebumse.«

»Meine sexuelle Disposition steht hier nicht zur Diskussion.«

»*Meine sexuelle Disposition* … oh, fuck, red ma wie 'n normaler Mensch. Sach doch eenfach: Ick ficke gerne kleene Mädels. Oder biste ne Schwuchtel und lutschte Schwänze?«

»Weder noch. Mike, wir kommen nicht weiter, wenn Sie von sich ablenken und mich provozieren wollen. Lassen Sie uns auf das konzentrieren, weswegen ich hier bin. Zwei tote Frauen, aufgeschlitzt und bloßgestellt. Was empfindet der Täter dabei?«

»Dass er mach'n kann, wat er will. Ooch ne Kippe?«

»Nein, danke. Es geht also um Macht. Macht über die Frauen?«

»Vielleicht, keene Ahnung. Uff jeden Fall hata euch anne Eier.«

»Woraus schließen Sie das?«

»Der hat zweemal 'ne Leiche uff'n gleichen Spielplatz jepackt und die Bull'n peilen dit nich?«

»Bei der Überwachung ist etwas schief gelaufen.«

»Habta Kloppe von die Kinder jekriegt, wa?«

»Es gab einen Tumult mit einer Gruppe Jugendlicher, die die Überwachungskameras und die Streifenwagen demolierten.«

»So scheiße sind die inner Birne, die Kanaken. Ficken sich selbst in Arsch, nur um die Bull'n loszuwerden. Keen Wunder, wenn eure Type machen kann, wata will. Der kennt 'n Kiez jenau.«

»Sie meinen, er ist einer von ihnen?«

»Um so 'n Scheiß zu veranstalten, musste wiss'n wat abjeht.«

»Wohnt er in dem Viertel?«

»Wär jut. Man weeß nie, wer da so ein- und ausjeht. Da jibs Löcher, die kenn nich ma die Ratten. Da kannste dir hinverpissen, ohne dass dit 'n Schwein merkt, jeschweige denn interessiert.«

»Sie kennen sich gut aus. Gab es Freunde oder Bekannte, die Sie ob Ihrer Taten bewunderten?«

»Wat soll'n die Scheißfrage? Keener hat mir hier wegen irgend'n Dreck bewundert. Schon ja nich…«

»Schon gut. Lassen wir das. Schauen Sie sich die Bilder noch mal an. Sagen Sie mir, was Sie darin sehen.«

»Der steht uff'n Schmerz, wata da mit die Weiber macht. Der find dit geil. Dit is für ihn inne Kirche jehn. Der muss in Kiez wat hab'n, wo er alleene is, wo er ackern kann.«

»Wieso *ackern*?«

»Dit macht doch keener aus Spaß. Da steckt mehr hinter. Für den is dit 'n Job, den eener machen muss.«

»Wer gab ihm diesen Job?«

»Weeß ick doch nich. Seine Alki-Mutter, sein Alter, der 'n verkloppt, oder ne Olle, bei die er verkackt hat. Keener kann in so 'n Kopf rinkieken. Irgendwann kotzte ab und du machst, watte machen musst.«

»Sie sagten, dass die Tat einer Messe oder einem Gottesdienst gleicht. Wie kommen Sie darauf?«

»Ick weeß dit noch von früher, wo ick bei meene Verwandten jewesen bin. Sonntach renn' die inne Kirche und feiern Abendmahl. Da wo der Kittelheini den Becher inne Luft hält und irgendwat labert von *Wein wird Blut*. Denn nimmt er ne Oblate ...«

»Die Hostie.«

»Von mir aus. Dann sacht er: *Brot wird zum Leib Christi*, bla bla. Dann läutet 'ne Glocke. Da wern'se alle janz andächtig.«

»Es ist die Wandlung, in der Brot und Wein zum Blut und zum Leib Christi transformiert werden.«

»Ick hab dit nich jerafft, warum die dit mach'n. Wenn ick dit ernst nehm', sauf ick Blut und fress Menschenfleisch, wie 'n Vampir oder 'n Kannibale.«

»Es ist eine geistige Wandlung, die dabei vollzogen wird. Der Geist des Jesus Christus soll auf die Gemeindemitglieder übergehen.«

»Bah, da muss eener erst ma druff komm'. Für mich sieht dit nach 'n Menschenopfer aus. Jenauso wie auf diese Bilder.«

»Die Taten könnten demnach religiös motiviert sein?«

»Wat auch immer. Euer Mann hat da wat mit der Wandlung entweder voll verpeilt oder der nimmt dit wortwörtlich.«

»Doch was macht das Kopftuch dabei? Die Opfer sind zum einen Frauen und zum anderen gläubige Moslems.«

»Menste echt, eene von den' gloobt noch an Allah?«

»Was spricht dagegen?«

»Na, wat die mach'n. Würden'se nach leben, wat in ihrer Bibel steht, wärn'se nur noch zu Hause.«

»Sieht er sich demnach als Bestrafer oder als Missionar?«

»Indem er'se absticht und ans Kreuz nagelt?«

»Die Frauen hatten nicht darüber zu entscheiden.«

»Sieht janz so aus.«

»Wollte er sie stattdessen für ihre Ungläubigkeit bestrafen?«

»Müsste er 'n halben Kiez abmurksen. Nur die Alten glooben noch an ihr'n Allah. Die Jungschen interessiert dit nich mehr. Außer 'n paar Psychos, die sich irgendwo in Pakistan bei Osama persönlich wat abkieken.«

»Kennen Sie solche Leute?«

»Vom Seh'n. Mit so wat will ick nischt zu tun haben.«

»Ist Ihnen die posttraumatische Belastungsstörung bekannt?«

»Wat, Alter?«

»Menschen, die in einem Krieg gekämpft haben,

erkranken oft an den Folgen ihres Handelns und ihren Erlebnissen. Sie kehren als gebrochene Menschen in die Gesellschaft zurück, in der es ihnen schwer fällt, sich an die zivilen Regeln zu halten. Eine Ausprägung dieser Erkrankung ist die Anwendung massiver Gewalt.«

»Da jibts so viele von diese Schizos im Kiez. Jeder is in sein eigenen Film und spielt Krieg. Jegen die Alten, dit System, jegen jeden, der ihn' inne Quere kommt.«

»Es ist sehr warm hier. Finden Sie nicht auch? Ich hol uns etwas Frisches zu trinken. Haben Sie einen Wunsch?«

»'Ne Molle und 'n Korn.«

»Tut mir leid. Keinen Alkohol. Eine Cola vielleicht?«

»Für 'n Fatzke verstehste richtich jut.«

»Wie bitte?«

»Verjiss et.«

Dr. Staudt verlässt etwas irritiert das Besprechungszimmer. Warneke lächelt zufrieden. Er formt mit seinem Mund ein O und stößt einen Rauchring in Richtung des Kameraobjektivs aus.

»Hättet ma nich rumjeknausert an wat Anständijet zu trinken, ihr Geizhälse.«

Er schnippt die Zigarette weg und trifft tatsächlich das Objektiv. Ein Mann kommt kurz darauf ins Zimmer und entfernt eilig die Asche von der Linse. »Übertreiben Sie es nicht«, sagt er drohend.

»Dit wird schon. Keene Sorje.«

Der Mann geht wieder hinaus. Warneke schneidet Grimassen, steckt den Finger in die Nase und schnippt erneut in Richtung Kamera. »Glück jehabt.«

Die Tür öffnet sich. Staudt kommt mit einer Karaffe Wasser und einer Coladose herein. Er reicht sie Warneke. »Können wir weitermachen?«

»Mach ma. Der Heinz aus 'er Küche hält mir dit Essen warm. Na, denn. Prost.«

Warneke trinkt die Dose in einem Zug leer. Danach rülpst er laut und zufrieden. Sehr zum Unwohlsein von Staudt.

»Wo waren wir stehen geblieben?«

»Bei die Schizos aus 'm Kiez.«

»Richtig … Apropos, was meinten Sie vorhin mit: Für einen … Wie drückten Sie sich noch mal aus?«

»Fatzke.«

»Exakt. Für einen *Fatzke* verstünde ich recht gut. Was meinten Sie damit?«

»Na, so 'n Anzuchträjer, wie du eener bist, weeß wat 'ne Molle und 'n Korn is, aber bei Fatzke is Sense. Wenn ditte ma keene Überraschung is.«

»Sollte ich das nicht verstehen?«

»Also weeßte: Uff die eene Seite willste wiss'n, wer die Türkenweiber abjemurkst hat, uff die andre haste dich, als hätteste keene Ahnung vom Kiez. Und denn wieder doch.«

»Der Kiez ist mir nicht sonderlich vertraut. Ich meine, so sehr wie Ihnen. Dennoch denke ich, dass ich auch ohne tief greifende Milieukenntnis die richtigen Schlussfolgerungen ziehen kann.«

»Dit gloob ich nich.«

»Was führt Sie zu diesem Schluss?«

»Ey, Alter. Eener wie du, der keen Plan hat, will so ne Scheiße uffklären. Habta ja schon bei mir verkackt.«

»Mike, Sie fallen erneut in Ihr altes Verhaltensmuster zurück. So penetrant, wie Sie Ihre Taten bestreiten, fürchte ich, dass es weit schlimmer mit

Ihnen steht, als ich aus Ihrer Krankenakte ersehe.«

»Ach ja, wat steht 'n da drinne?«

»Zum Beispiel Ihre renitente Veranlagung zur Rechthaberei und zur Auflehnung gegen Autoritäten.«

»So wat wie dich oda wat?«

»A priori qua legem*, ja.«

»Siehste? Jenau dit mein ick. Uff'n Kiez kriegste schneller eene rin, allste kieken kannst, wenn de so 'n Scheiß laberst.«

»Das ist gar nicht notwendig. Ich verkehre dort nicht.«

»Trotzdem denkste, du weeßt allet. Ick sach dir, du hast keen blass'n Schimmer, wat hier abjeht. Bevor du überhaupt wat sagen kannst, hat der Schlitzer die nächste Braut ans Kreuz jenagelt.«

»Damit das nicht geschieht, spreche ich ja mit Ihnen.«

»Dit reicht aber nich. Du verstehst nich, wat da in so einem vorjeht, wenn de dir nich selber druff einjelassen hast.«

»Was schlagen Sie dann vor?«

»Du jehst mit mir noch ma mein' Fall durch. Wat hälste davon?«

»Kommt nicht in Frage. Ihr Fall ist abgeschlossen.«

»Ebn nich. Is noch immer der gleiche Scheiß. Oder soll ick saren, dit is nimmer noch der gleiche Typ?«

»Tut mir leid. Das bewegt sich jenseits der Bitte, die seitens der Staatsanwaltschaft an mich herangetragen wurde.«

»So oder jar nich. Ick wart uff mein Ess'n. Könnter ja morgen die nächste Braut vom Kreuz hol'n.«

Staudt blickt in die Kamera hinter Warnekes Rü-

* Von vornherein durch das Gesetz ermächtigt

cken. Er wartet auf eine Reaktion. Als sie nicht kommt, steigt Unmut in ihm auf.

»Ich warte.«

»Na jut, denn hau ick ab, wa?«

»Sie bleiben hier sitzen, ver … Entschuldigung.«

»Oho, Mister Anzuchfatzke. Fängste jetz an, meine Sprache zu sprechen, oder wat?«

Ein Lautsprecher knackt. »Gehen Sie auf seinen Vorschlag ein.«

»Nein, das werde ich nicht. Das war nicht abgesprochen.«

»Der Oberpsycho kackt sich inne Hosen. Dass ick nich lache.«

»Ich werde das Gespräch beenden.« Staudt packt die Ermittlungsakte ein.

»Selima«, sagt Warneke.

»Wie?«

»Nix.«

»Sagten Sie nicht, Selima?«

»Könnte sein.«

»Wieso nehmen Sie diesen Namen in den Mund?«

»Ick kannte mal eene, die hieß so. Hat 'n paar Straßen weiter jewohnt. Hat 'n janzen Kiez verrückt jemacht mit ihre Oogn. Wenn die dich anjekiekt hat … alter Schwede, warste hin und wech.«

»Kannten Sie sie näher?«

»Da durfte keen Kerl ran. Ick hab mal jehört, dass der Vadder se nich mal zu ihre eigenen Feste jelassen hat. Die hat jeden kirre jemacht. Die andern Weiber hatt'n immer Angst um ihre Kerle.«

»Und Sie? Hat sie Sie auch verwirrt?«

»Türlich. Bin ja nich blöde oder 'n Arschficker.«

»Wann hatten Sie zuletzt Kontakt mit ihr?«

»Dit is schon 'ne Weile her.«

»Genauer. Wie viele Tage vor ihrem Tod?«

»Keene Ahnung.«

»Der Fall Selima konnte Ihnen nie nachgewiesen werden, obwohl die Umstände, die zu ihrem Tod geführt haben, ähnlich waren. Sie wurde nackt, lediglich mit einem Kopftuch bekleidet, in einem leer stehenden Haus gefunden. Messerstiche wie bei den anderen Opfern fehlten, sie wurde erdrosselt.«

»Wat hab ick 'n damit zu tun?«

»Das Haus lag nur zwei Blocks von Ihrer Wohnung entfernt.«

»Wie alle andern aus 'm Kiez.«

»Sie haben sich in dem Haus aufgehalten.«

»Ick war aber nich im dritten Stock. Nur unten drinne, wie die andern ooch.«

»Was machten Sie dort?«

»Saufen und rumeiern. Krieg doch nur Hartz vier.«

»Scheinbar genug, um sich eine Alkohol-Hepatitis einzuhandeln. Und Sie sind noch nicht einmal dreißig Jahre alt.«

»Dit jeht nur mir wat an.«

»Wohl kaum. Ihre Therapie kostet den deutschen Staat viele Hunderttausend Euro. Außerdem haben Sie drei Menschen das Leben genommen und über ihre Familien großes Leid gebracht.«

»Wegen mein Jesaufe?«

»Ihr Alkoholkonsum, kombiniert mit anderen halluzinogenen Substanzen, die Sie zu jener Zeit zu sich genommen haben, hat offensichtlich eine latente Psychose in Ihnen ausgelöst. Ohne die Drogen würden diese Menschen noch leben.«

»Da weeß ick nischt mehr von.«

»Das ist typisch für den Krankheitsverlauf, ändert aber nichts an dem Geschehenen.«

»Denkste, ick wüsste dit nich mehr, wenn ick eene jekillt hätte?«

»Auch das Nicht-Wahrhaben-Wollen gehört zum Krankheitsbild. Doch zurück zu Selima. Sie war mit Ihrem ersten Opfer Hatice Özmen befreundet. Haben Sie sie über Selima kennengelernt?«

»Kenn keene Selima und ooch keene Hatice.«

»Gerade behaupteten Sie noch, Selima sei Ihnen gut bekannt.«

»Kennen ist nich gleich kennen. Ja, ick kannte se vom Sehen. Jequatscht hab ick aber nich mit ihr.«

»Und mit Hatice?«

»Keene von denen.«

»Wie kamen Ihre Speichelspuren auf den Körper von Hatice?«

»Würd ick ooch gern ma wiss'n. Vielleicht hatse ja 'ne leere Bierflasche von mir in 'n Supermarkt zurückjebracht.«

»Ihr Speichel haftete an Hatices Hals und Brust. Wohl kaum der passende Ort, um eine Bierflasche zu transportieren.«

»Wat weeß ick. Hab 'n halben Kiez volljekotzt. Wenn ick hacke jenuch bin, knutsch ick sogar 'n Mülleimer.«

»So wie Jale Zerdeli, ihr zweites Opfer?«

»Hat ick den Richter schon jesagt. Kenn die Weiber nich.«

»Ihre Freunde wollen Sie nie mit ihnen zusammen gesehen haben. Aber Ihre Freunde sagten auch aus, dass Sie abends gerne alleine unterwegs waren. Wie haben Sie ihr Vertrauen gewonnen?«

»Kiek mir ma an, Alter. Seh ick aus wie eener, mit den de einfach mitläufst? Schon jar nich, wenn er hacke is.«

»Trotzdem ist es Ihnen gelungen, sie in Ihr Versteck zu locken. Dort haben Sie sie mit LSD gefügig gemacht.«

»Wat für 'n Versteck … und LSD? Als ob ick mir dit leisten kann.«

»Bei Ihrer Festnahme und der anschließenden Untersuchung wurde es nachgewiesen.«

»Hab 's mal probiert. Mehr nich.«

»Von wem haben Sie es erhalten?«

»Ick verrat keen Kumpel.«

»Feine Freunde, die Sie in die Psychose treiben.«

»Die meinten dit nur jut. Außerdem hab'n die doch keene Ahnung, wat mit mir abjeht. Wusst ick ja selber nich, bis ich am nächsten Morgen wach jeworden bin. Da hat ick 'nen Blackout.«

»Wann hat es mit den Blackouts angefangen?«

»Vor zwee Jahren, gloob ick.«

»Das war die Zeit, als Selima verschwand.«

»Hörste ma uff. Ick hab die nich jekillt.«

»Woher wollen Sie das wissen?«

»Meine Jüte, dit verjess ick doch nich.«

»Ihr Versteck, in das Sie Ihre Opfer gebracht, misshandelt und anschließend getötet haben, wollen Sie auch nicht mehr kennen.«

»Ick hatte doch nie eens. Oder hab'n die Bullen wat jefunden?«

»Nein.«

»Na, siehste. Die hab'n doch jedet Haus in Kiez jecheckt. Und Spuren von mir hab'n se ooch nich jefunden. Wennet dit Versteck nich jibt, war ick dit ooch nich.«

»Man geht von einem Tatort aus, der nicht in Ihrem Viertel liegt.«

»Und, wo soll dit sein? Bin aus 'm Kiez nie rausjekommen.«

»Es muss ihn aber geben. Nach dem gerichtsmedizinischen Gutachten wurden die Frauen drei Tage lang gequält, bis sie den Tod fanden. Wo haben Sie sie in dieser Zeit versteckt gehalten?«

»Leck mir doch, Alter.«

»Es scheint ihnen an nichts gefehlt zu haben. Sie hatten gegessen und getrunken. Auf ihrer Haut wurden Rückstände von Kosmetika gefunden, die sie laut Eltern nicht besaßen. Sie haben sich viel Mühe gegeben. Warum? Gehörte das zu Ihrer Vorgehensweise?«

»Jequirlte Kacke.«

»Was haben Sie mit ihnen gemacht? Drei Tage sind eine lange Zeit. Haben Sie mit ihnen gesprochen, sie unterhalten, sie verwöhnt? Was ist geschehen?«

»Nix.«

»Sie hatten die absolute Gewalt über sie. Sie waren Herr über Leben und Tod. Fühlte sich das nicht gut an? Nach all den Jahren der Arbeitslosigkeit, der Erniedrigung und Enttäuschung, des Deliriums und der Hoffnungslosigkeit waren Sie nun wieder oben auf. Die Macht und die Kontrolle lag in Ihren Händen. Niemand konnte Ihnen etwas verbieten oder von Ihnen fordern. So ein junger, unschuldiger und unberührter Körper, der da vor Ihnen lag. Sie konnten alles mit ihm tun, ohne sich zu rechtfertigen. Einfach nur zugreifen. Hat Sie das nicht gereizt?«

»Ick hab se nich jefickt, blöder Wichser.«

»Warum nicht? Hatice und Jale waren noch Jungfrauen, so auch Ihr nächstes Opfer, Rana Saygan, gerade mal siebzehn Jahre alt. Wieso haben Sie sich nicht an ihnen vergangen, so wie Sie es bei Selima gemacht haben?«

»Ick hab nich …«

»Selima war die Erste. Habe ich nicht recht? Sie konnten nicht widerstehen. Sie sind über sie hergefallen und haben sich an ihr für alles gerächt, was Ihnen in den letzten Jahren widerfahren ist. Und dann, als sie sahen, was Sie angerichtet hatten, ist das große Heulen über Sie gekommen. *Was habe ich getan? Wie kann ich das ungeschehen machen?*

An Selimas Körper gab es Spuren, zahlreiche, und alle waren von Ihnen. Sie zu entfernen war unmöglich. Da half nur eins. Sie musste verschwinden, und zwar für immer. Sie besorgten sich Benzin von der Tankstelle. Dann das Streichholz und nichts wie weg. Das Feuer würde alle Spuren beseitigen. Sie brauchten sich keine Sorgen mehr zu machen. Gerade noch mal gut gegangen.

Doch halt. Da war doch noch etwas. Hatten Sie Selima nicht vorher beobachtet und festgestellt, dass sie eine Freundin hatte? Was, wenn Selima mit Hatice über Sie gesprochen hatte? *Der Mike, der geile Bock. Schau, wie er mir nachsteigt. Der glaubt wohl, dass ich ihn nicht bemerke.* Es hätte keinen Tag gedauert, bis die Polizei vor Ihrer Tür gestanden hätte. Hatice musste den Mund halten. Sie lauerten ihr auf, als sie den Kiosk verließ. Für das Abendessen hatten sich überraschend Gäste angesagt, und das Brot war ausgegangen. Hatice musste sich beeilen. Zwischen dem Kiosk und der Wohnung lagen nur hundert Meter. Sie mussten handeln, bevor sie darin verschwand. Folgten Sie ihr? Nein, ich glaube, Sie passten sie ab. Am Spielplatz musste sie vorbei. Dort schien keine Laterne, und zu dieser späten Stunde war es einsam. Sie packten zu und zogen sie ins Dunkel. Ein Schrei, wenn es ihn überhaupt gegeben hatte, würde niemanden erschrecken.

An den Schaukeln und der Rutsche vorbei, über die Bank durchs Gebüsch, dort, wo sich die beiden Mauern treffen, in den Gang hinein. Er führt direkt zur Baracke, wo Sie ungesehen ins Haus gelangen. Es stinkt nach Urin und Kot, Altöl und schimmelnden Abfällen. Doch das stört Sie nicht. Im Gegenteil. Ist es bei Tag schon gefährlich, sich zwischen dem Unrat zu bewegen, so ist in der Nacht mit keiner Störung zu rechnen.

Jetzt musste sie reden. Hatte Selima von Ihnen erzählt? Und wenn ja, was? Aber wahrscheinlich war das auch nicht mehr so wichtig. Denn Sie hatten ja Hatice. Entscheidend war, ob Hatice mit einem Dritten über Sie gesprochen hatte. Und, hatte Sie es?«

»Geb doch nich wat zu, wat ick nich jemacht hab.«

»Haben Sie ihr Hoffnungen gemacht, Sie gehen zu lassen, wenn sie es Ihnen verrät? Oder drohten Sie ihr mit dem gleichen Schicksal, wie es Selima erfahren musste?«

»Hab ick nich.«

»Sie hat demnach geschwiegen und Sie brachten sie um. Doch nicht sofort, Sie ließen sich Zeit. Drei Tage. Eine lange Zeit, wenn man bedenkt, dass Sie täglich entdeckt werden konnten.«

»In die Bruchbude jeht doch keener freiwillig rin.«

»Und die Schreie? Hat Hatice nicht um Hilfe gerufen?«

»Kann sein. Ick weeß dit nich.«

»Ich verstehe. Sie hatten sie geknebelt. Oder verabreichten Sie ihr die gleichen Drogen, die auch Sie zu sich genommen hatten? LSD, wenn ich mich richtig erinnere. Stimmt, im Bericht des Rechtsmediziners steht es. Sollte sie unter Drogen zugeben, was sie in nüchternem Zustand nicht schaffte?

Eine dritte Person, Jale Zerdeli, in Lebensgefahr zu bringen?«

»Kenn die Braut nich.«

»Sowohl Jale als auch Hatice trugen Ihre DNA-Spuren.«

»Hab die nie anjefasst.«

»Mike, wir drehen uns im Kreis. Wieso geben Sie nicht zu…«

»Weil et nix zum Zujeben jibt.«

»Es wäre für uns alle einfacher, wenn Sie die Beweise akzeptieren würden. Hatice, Jale und Rana können eindeutig mit Ihnen in Verbindung gebracht werden. Nur bei Selima, Ihrem ersten Opfer, haben Sie es schlauer angestellt. Das Feuer hat fast alle Spuren auf ihrem Körper vernichtet. Einzig die Tatsache, dass Sie Geschlechtsverkehr mit ihr und nicht mit den anderen Frauen hatten, will mir nicht so recht einleuchten. Was hat sich nach Selima an Ihrem Verhalten geändert?«

»Nix, verdammt. Ick hab Selima nich jefickt. Peil dit doch mal.«

»Wieso nicht?«

Warneke springt wutentbrannt auf. »Weil dit nich jeht, Mann! Schon seit zich Jahren jeht da unten nischt mehr. Der Alk hat allet trocken jelegt. Verdammte Scheiße. Wolltste dit hör'n?!«

»Beruhigen Sie sich, Mike. Ich habe das nicht gewusst.«

»Na, und? Gloobst mir ja eh nich. Jetz reicht et nich mehr, dass ick die drei Weiber jekillt hab'n soll, jetz willste mir ooch noch ne vierte unterjubeln.«

»Der Verdacht liegt nahe. Ja, ich gebe es zu. Ich halte Sie für den Mörder von Selima Kantaoui.

Alles weist darauf hin. Ich verstehe nur nicht, wieso Sie Selima von sich aus ins Spiel gebracht haben. Es gab keinen Anlass dafür.«

»Doch … Sie wär'n sonst jegangen … und ick … ich wollte, dass Sie bleiben.«

»Warum?«

»Ick kann mit keen da drüber reden, wat damals passiert is. Ick kann mich ja nich ma dran erinnern. Sie aber war'n von Anfang an mit dabei. Sie kenn' jede Einzelheit der Ermittlungen. Bitte, lassense uns noch mal durchgehen, wat damals geschehen ist. Ick will endlich begreifen, was ick gemacht habe.«

»Mike … ich weiß nicht, ob ich der richtige Ansprechpartner für Sie bin. Ich bin nicht neutral. Ich war an Ihrer Ergreifung maßgeblich beteiligt. Zudem stellt sich heraus, dass Sie wahrscheinlich eine weitere Frau getötet haben. Sie sollten unbedingt mit einem Anwalt sprechen sowie mit Ihrem behandelnden Arzt.«

»Dafür ist später noch Zeit.«

Staudt blickt an Warneke vorbei in die Kamera. Sein stummer Blick gibt die Frage an die Kriminalbeamten weiter. Der Lautsprecher knackt. »Tun Sie es.«

Staudt schließt die vor ihm liegende Ermittlungsakte. »Nun gut, Mike. Wie Sie wollen. Ihr Risiko.«

Warneke setzt sich wieder an den Tisch. »Wo beginnen wir?«

»Wo Sie wollen.«

»Da allet mit Selima begann, fangen wir mit ihr an. Sie war 'ne hübsche Braut. Ich sah sie nur selten auf der Straße und wenn, dann nur ihre Augen. Den Rest hatten ihre Alten unter diesem schwarzen Umhang versteckt…«

»Dem Tschador.«

»Ja, der Tschador. Jedes Mal, wenn ich sie sah, fragte ich mich, wie viel Angst die Eltern doch haben mussten.«

»Angst wovor?«

»Zuerst dachte ich, sie wollten ihre Tochter vor den Blicken anderer schützen oder weil es ihre Religion so will. Doch mit der Zeit wurde mir klar, dass sie ihre eigene Schwäche damit verstecken. Sie sind unfähig, ihre Tochter in ihr Leben zu entlassen.«

»Vielleicht war Selima dafür einfach noch zu jung?«

»Mit siebzehn? Zudem war der Tschador nur der Beginn ihrer Karriere als muslimische Frau. Sie wissen, was danach kommt. Heirat, Kinder, Küche und über allem der Koran.«

»Wir sollten aus unserer westlich aufgeklärten Geschichte heraus nicht die Werte anderer Kulturen erklären wollen.«

»Sie leben aber in Berlin, in einem neuen Leben, in einer anderen Kultur. Die Alten können den Ballast weiter tragen, wenn sie das unbedingt wollen, aber müssen das die Jungen auch?«

»Das sind sehr interessante Gedanken, Mike. Ich bin überrascht. Doch wohin führt uns dieser Ausflug?«

»So fremd und unerklärlich dieses Verhalten auch ist, so übt es doch eine gewisse Anziehungskraft aus. Diese Verdeckung alles Schönen, die Angst vor dem Raub und die Unfähigkeit, sich der Realität zu stellen, bewirken eigentlich doch nur eins: Man will ergründen, was so zwanghaft verborgen werden soll …«

»Mike, einen Moment, bitte. Ich bin etwas verwirrt. Woher stammen diese Gedanken? Ich will Sie dafür nicht kritisieren, im Gegenteil, ich bin sehr erfreut. Aber was ist aus dem Mike geworden, der noch vor fünf Minuten mit mir gesprochen hat?«

»Der hat Pause. Oder glauben Sie, nur in Wilmersdorf wird Hochdeutsch gesprochen? Außerdem müssen die Gespräche mit Maria doch zu etwas gut gewesen sein.«

»Wer ist Maria?«

»Dr. Maria Gassner hat an der Uni Heidelberg in Philosophie promoviert, bevor sie das Schicksal nach Berlin verschlagen hat. Zu ihrem Nach-, aber zu meinem Vorteil nicht in ihrer früheren Profession, sondern als die verrückte Maria, wie sie unter den Kumpels bekannt ist. Man sieht sie gelegentlich mit einem Einkaufswagen voll prall gefüllter Plastiktüten umherstreifen.

Doch zurück zu Selima. Diese kleine Perle führte ein tristes Leben unter ihrem strengen Vater und der nicht minder pflichtbewussten Mutter. Einzig die Schulpflicht ermöglichte ihr eine Verschnaufpause. Nachmittags sah ich sie hin und wieder auf dem Nachhauseweg. Er führte sie an einem Drogeriemarkt vorbei. In der Parfümabteilung beobachtete ich sie, wie sie Parfüms ausprobierte. Nicht auf dem Handgelenk oder auf dem Hals. Wenn ihre Eltern es gerochen hätten, würde sie ihr Bruder wieder zur Schule bringen. Dann wäre es mit dieser Freiheit auch vorbei gewesen.«

»Sagten Sie nicht, dass Sie Selima nur entfernt kannten? Sie haben sie stattdessen beobachtet. Nicht einmal, sondern fortlaufend.«

»Ich kam ihr nie näher als zwei Armlängen. Vor der Drogerie war mein Platz, wo ich bettelte. Zweimal täglich lief sie an mir vorbei, ohne mich je zu sehen. Oder sie tat es doch, ließ es sich aber nie anmerken. Davon abgesehen, ich war nicht der Einzige, dem Selima auf ihrem Schulweg begegnete. Da waren die

Kumpels entlang der Straße, der Kioskmann, die Leute aus dem Internetcafé und dergleichen mehr. Wenn sie mit ihrem wehenden Tschador die Straße entlangging, riefen ihr sogar die Obsthändler hinterher. Sie reagierte niemals darauf. Scheinbar hatte sie auch nichts dagegen.

Das hätte ewig so weitergehen können, wäre sie nicht eines Tages mit einem Plakat konfrontiert worden. Es kündigte die Gründung einer Theatergruppe an. Wer Interesse hätte, sollte sich melden. Ich sah sie noch dort stehen und das Plakat studieren, als sie kurzerhand den Zettel mit der Telefonnummer abriss und einsteckte. Danach sah ich sie nur noch morgens. Für den Nachmittag hatte sie eine andere Strecke ausgesucht.

Was dahinter steckte, sollte ich Wochen später erfahren, als eine Aufführung der *Maria Magdalena* in der evangelischen Kirchengemeinde angekündigt wurde. Ich wollte mir das ansehen und ging hin. Tatsächlich, unter einem dieser Umhänge, wie sie damals die Frauen wohl trugen, steckte Selima. Sie war auf den ersten Blick nicht zu erkennen. Sie achtete darauf, denn einer der Verwandten hätte sich für die Vorstellung ja durchaus in einer Kirche sehen lassen können.

Doch sie hatte Glück und sie spielte ihre Rolle gut. So gut, dass ich später von weiteren Aufführungen in anderen Stadtteilen erfuhr. Haben Sie das Stück jemals gesehen?«

»Ich bevorzuge die Klassiker.«

»Dann haben Sie etwas verpasst. Zumal sich die Kreuzigungsszene darin wiederholt.«

»In welcher Weise?«

»Nicht Christus, sondern Maria wird ans Kreuz

genagelt. Sie steht für den Anfang und das Ende. Ihr zu Füßen trauern Jesus und Maria Magdalena, mit der er zusammenlebt, um sie…«

»Interessant. Welche Rolle spielte Selima darin?«

»Eine Freundin Maria Magdalenas, eine Straßenhure. Meiner Ansicht nach eine Fehlbesetzung. Selisama hatte die Ausstrahlung für die Hauptrolle. So sahen es auch die Zuschauer. Zu schade, dass Sie sich dieses Stück haben entgehen lassen.«

»Ich arbeite viel.«

»Richtig, Sie sind sehr beschäftigt. Die psychologischen Gutachten und Ihre Malerei beanspruchen Sie wohl sehr.«

»Woher wissen Sie, dass ich male?«

»Die Ankündigung Ihrer Vernissage war kaum zu übersehen. Wir sind hier von der Außenwelt nicht völlig abgeschnitten. Hin und wieder bringt ein Pfleger eine Zeitung mit. *Gesichter der Großstadt* … das klingt erst mal nach einer Fotoausstellung. Doch wie die Kritik urteilte, haben Sie die Erwartungen nicht enttäuscht. Ich konnte sie ja leider nicht sehen. Dennoch, Gratulation.«

»Danke, dass Ihnen meine Ausstellung nicht entgangen ist. Sie war vor über einem halben Jahr.«

»Ich erinnere mich gut. Es war die Zeit, als ich aus der Entgiftung kam. Kaum zu glauben, welch neue Welt sich einem im nüchternen Zustand erschließt. Mein Gott, wie viel Zeit man plötzlich zur Verfügung hat, wenn man nicht ständig mit der Beschaffung von Nachschub beschäftigt ist.«

»Das freut mich zu hören. Ich hoffe, Sie haben die Zeit genutzt.«

»Sie wären überrascht. Unsere Bibliothek ist nicht zu verachten. Man erhält sogar Zugang zum Internet, wenn man sich anständig verhält. Nicht offiziell natürlich, aber wenn man sich gut mit Frau Lüppes stellt, dann schlägt sie einem schon mal was nach. Eine sehr nette Frau. Leider früh verwitwet und mittlerweile auch kinderlos. Die Kinder sind aus dem Haus und haben kein Interesse mehr. Sie ist für jede Aufmerksamkeit dankbar.«

»Ich konnte in Ihrer Krankenakte nichts darüber lesen.«

»Ist ja auch kaum der Rede wert und ich mache nicht gerne Aufsehen um jede Kleinigkeit.«

»Aber das würde sich positiv auf Ihre Sozialprognose auswirken.«

»Sei's drum. *Das Monster vom Wedding* … so hieß doch eines Ihrer Bilder? Sehr interessant und aufschlussreich, wie ich finde. Ich habe es auf Ihrer Homepage gesehen. Es hat so etwas … ja, wie es nur Jawlensky geschafft hat. Die kräftigen Farben, die Kontraste, das Distanzierte und doch irgendwie Vertraute einzufangen. Ich bin sehr beeindruckt von diesem Bild. Haben Sie dabei an etwas Bestimmtes gedacht? Entschuldigen Sie die profane Frage. Sie hören sie wahrscheinlich täglich.«

»Erstaunlich, dass Sie gerade dieses Bild aus meinem Werk erwähnen. Es wurde ausgiebig diskutiert. Man fragte sich unter anderem, wie weit der Künstler mit der Darstellung von Gewalt gehen darf. Um auf Ihre Frage zu antworten: Es war die Zeit, als ich mich mit Ihrem Fall beschäftigen musste – die Morde an den türkischen Frauen. Ich kam damals völlig ahnungslos in den Wedding. Bis dahin war er mir nur durch die Fahrt zum Flughafen bekannt. Ich hätte nie geahnt, worauf ich jenseits der Hauptstraße treffen würde. Die neuen Eindrücke haben Spuren hinterlassen.«

»Entsprach die Darstellung des Monsters vom Wedding Ihrer Vorstellung von mir?«

»Nein. Immer wieder glaubt sich jemand in meinen Bildern zu erkennen. Aber ich muss Sie enttäuschen. Sie und Ihr Fall waren vielleicht die Initialzündung für das Motiv, mehr nicht. Alles andere entspringt meiner Fantasie.«

»Muss man sich nun vor Ihnen und Ihren Fantasien fürchten?«

»Jeder trägt die Anlage für Gewalt in sich. Der zivilisierte Mensch beherrscht sie.«

»Der freie Wille … ja, ich habe darüber gelesen. Ich bin mir dabei nicht so sicher, wie Sie sicherlich verstehen werden.«

»In Ihrem Fall wurde der freie Wille von der Krankheit besiegt. Aber das muss nicht auf ewig so bleiben. Sie sind hier, damit Ihnen geholfen wird.«

»Gewinne ich denn meine Erinnerung wieder zurück? Ich bin seit einem Jahr clean. Ist es nicht langsam an der Zeit?«

»Drogenpsychosen sind eine ernsthafte Angelegenheit. Sie können irreversibel, also unheilbar sein. Das will ich Ihnen nicht verschweigen. Mit Ihrem Gedächtnisverlust verhält es sich genauso. Ich denke, Sie haben trotz allem Glück gehabt. Alkoholpsychosen enden in vielen Fällen tödlich.«

»Der Preis dafür sind drei tote Frauen … und wenn Ihre Vermutung zutrifft, noch eine vierte. Ein schwacher Trost. Doch noch mal zurück zu Ihrem Bild – das Monster vom Wedding. Ein erstaunliches Bild. Wie viel ist von Ihrer Persönlichkeit in diesem Gemälde zu finden?«

»Nichts. Es ist ein reines Fantasieprodukt.«

»Und ich dachte, im Kunstwerk spiegelt sich die Seele des Künstlers wider.«

»Das trifft sicherlich zu, allerdings nicht in diesem Fall.«

»Was ist an diesem Bild so anders?«

»Wie ich schon sagte: Es hat einfach nichts mit mir zu tun. Es ist eine Projektion dessen, worauf ich im Wedding gestoßen bin.«

»Hass und Gewalt?«

»Sehen Sie das darin?«

»Die Kritiker tun es. So habe ich es zumindest gelesen.«

»Ein jeder sieht in einem Bild, was er sehen will. Und das muss nichts mit der Sicht des Künstlers zu tun haben. Mike, es ehrt mich, dass Sie sich für meine Kunst interessieren, doch ich denke, es ist weder der richtige Ort noch der passende Zeitpunkt für so ein Gespräch. Lassen Sie uns stattdessen auf die aktuellen Mordfälle zurückkommen.«

»Tun wir das nicht? Ich denke, wir sind mitten drin.«

»Worauf wollen Sie hinaus?«

»Ihre Bilder. Ich empfinde Sie als erschreckend eindrucksvoll. Das, was ich darin sehe, hat nichts mit einer gewöhnlichen Fantasie zu tun. Sie transportieren ein Erlebnis.«

»Welcher Art?«

»Es ist so, als hätten Sie das Motiv gelebt.«

»Im Falle des Monsters vom Wedding trifft das zu. Ich wurde mit Ihren Taten konfrontiert. Ich habe die Leichen der ermordeten Frauen gesehen, den Gestank von verwesendem Fleisch gerochen und die Wunden, die die Tatwaffe geschlagen hat, tatsächlich berührt. Näher kann man seinem Motiv nicht kommen. So schlimm diese Erfahrung war, für meine Malerei war es ein Geschenk.«

»Das heißt, Sie ziehen Vorteile aus Ihrer Arbeit als Kriminalpsychologe. Das ist etwas, was mir als Täter verboten ist. Ich darf kein Buch über meine vermeintlichen Morde schreiben.«

»Sie haben recht. Moralisch war mein Tun zweifelhaft. Daher habe ich auch die Konsequenzen gezogen und arbeite nicht mehr als Kriminalpsychologe.«

»Diese Einsicht kommt spät, aber immerhin. Dennoch schöpfen Sie aus Ihren Erlebnissen rund um die Morde im Kiez. Sollten Sie nicht besser die Finger davon lassen? Wieso malen Sie nicht Vögel im Park oder den Reichstag? Die Touristen würden es Ihnen danken.«

»Mike, bisher war Ihre kleine Exkursion recht amüsant, doch nun werden Sie beleidigend. Ich habe diese Unterhaltung im guten Glauben fortgeführt, damit Sie den Ermittlungsbehörden neue Ansätze aufzeigen können, um den Mörder zu fassen. Doch wie ich sehe, haben Sie nichts zu bieten.

Ihre bisherigen Ausführungen wiederholen längst Bekanntes oder Sie verlieren sich in konfusen Gedankenkonstruktionen. Ich fürchte, wir werden Sie zurück auf Station bringen müssen. Ihre Psychose hat sich manifestiert. Mit der entsprechenden Medikation und einer begleitenden Therapie können Sie in einem halben Jahr einen weiteren Versuch unternehmen – sofern das von meinem Nachfolger gewünscht wird.«

Staudt erhebt sich. Er versucht seine Enttäuschung zu verbergen, was ihm nicht sonderlich gelingt. Bedauernd schaut er in die Kamera hinter Warnekes

Rücken. »Ich habe mein Möglichstes getan. Es tut mir leid.« Dann dreht er sich um und geht zur Tür.

Warneke grinst. Er scheint sich seiner Sache sicher zu sein. »Hey, Doc. Vergessen Sie Ihre Akte nicht.«

Staudt hält inne. Schweren Herzens macht er kehrt. »Danke, hätte ich fast vergessen.«

»Nichts ist vergessen. Und schon gar nicht Ihre bühnenreife Show, die Sie hier abziehen. In Ihnen steckt weit mehr als ein mittelmäßiger Farbkleckser. Gehen Sie mal zur Schaubühne auf den Kudamm. Ich wette, die können Sie dort gut gebrauchen.«

Staudt geht nicht darauf ein. Er nimmt die Akte und geht.

»Wollen Sie denn nicht wissen, wie die Geschichte mit Selima weitergeht?«, ruft ihm Warneke hinterher.

»Sie haben mich einmal mit Selima vom Gehen abgehalten. Ein zweites Mal gelingt Ihnen das nicht. Erzählen Sie es den Kollegen von der Kripo. Einen schönen Abend noch.«

Er öffnet die Tür.

»Welche Tote werden Sie heute Abend malen?«

Staudt zögert. »Woher wollen Sie wissen, woran ich arbeite?«

»Ich weiß alles über Sie.«

Staudt bemüht sich um ein Lächeln. »Sie wissen gar nichts von mir. Uns trennen Welten. Sie kommen aus der Gosse und die Gosse kommt aus Ihnen. Da helfen auch keine Nachhilfestunden in Philosophie. Lassen Sie Ihr Abendessen nicht kalt werden.«

»Wie Sie wünschen. Einen guten Abend noch, Professor Rath.«

Staudt schließt die Tür. Warneke wähnt sich siegessicher. Als nach einer Weile von Staudt noch immer nichts zu sehen ist, wird er unruhig. Er spricht in die Kamera. »Er wird zurückkommen. Ich weiß es.«

Warneke kann seine Ungeduld nicht mehr länger zügeln. Er rennt zur Tür, öffnet sie und brüllt in den Gang: »Staudt, kommen Sie zurück. Sie können nicht gehen, Sie verdammter Dreckskerl. Staudt!«

Doch von Staudt ist nichts mehr zu sehen. Als Warneke kapiert, dass er den Bogen überspannt hat, schmettert er die Tür zu und entlädt seine Wut an ihr, bis er erschöpft zu Boden sinkt.

»Du kannst nicht gehen«, schluchzt er. »Dit war so nich jeplant.«

Von Warneke unbemerkt, kommt Staudt wieder herein und kniet sich neben ihn hin. Er legt die Hand auf seine Schulter. »Mike, beruhigen Sie sich.«

Warneke blickt auf. Allmählich nimmt er Staudt wahr. »Sie sin wieder…«

»Ja, Mike.«

»Ick…«

»Ich wollte nicht gehen, aber Sie haben mich dazu gezwungen. Es gab keine andere Möglichkeit, um unsere Unterhaltung fortzuführen. Ich musste Sie mit der Alternative konfrontieren, da Sie nicht bereit waren zu kooperieren. Sie müssen lernen, die Konsequenzen Ihres Handelns zu erkennen. Es führt kein anderer Weg aus der Krankheit. Kommen Sie, setzen wir uns wieder.«

Er hilft Warneke hoch. Zusammen gehen Sie an den Tisch zurück und nehmen ihre Plätze ein. Staudt wartet noch einen Augenblick, bis sich Warneke beruhigt hat, dann sagt er: »Lassen Sie uns noch einmal von ganz vorne beginnen. Was halten Sie davon?«

Warneke nickt. Sein Blick ist auf seine Hände gerichtet. Mit dem Fingernagel kratzt er nervös an der Tischkante herum.

»Wir haben zwei tote Frauen auf dem Spielplatz hinter der Nazarethkirche …«, beginnt Staudt. »Ihre Namen lauten: Sezen Bebek und Hülya Firat. Sezen war neunzehn Jahre alt und verschwand am Abend des 13. August auf dem Weg zu einer Freundin, die ein paar Straßen weiter wohnte. Sie wurde zuletzt an der Ecke Malplaquetstraße und Utrechter Straße gesehen. Danach verliert sich jede Spur von ihr. In den Morgenstunden des 17. August wurde sie von einem Mann, der auf dem Weg zur U-Bahnhaltestelle am Nauenerplatz war, auf dem Spielplatz gefunden. Nach Aussage der Rechtsmediziner soll sie dort nicht länger als drei Stunden gelegen beziehungsweise gehangen haben. Der Täter hat sie demnach spätestens um 4 Uhr 30 in der vorangegangenen Nacht dorthin verfrachtet. Mögliche Augenzeugen, die den Vorgang hätten beobachten können, konnten nicht ermittelt werden.

Sie war zu diesem Zeitpunkt bereits tot. Schätzungsweise zwei Stunden. Am und um den Spielplatz herum wurden keine Blutspuren sichergestellt. Folglich wurde sie woanders getötet. Ob die Leiche mit einem Fahrzeug zum Fundort transportiert oder ob sie von den anliegenden Häusern herangeschafft wurde, ließ sich nicht feststellen. Des Weiteren fehlen Schleif- und Fußspuren, die auf Sand bedecktem Boden vom Eingang des Spielplatzes bis hin zum Holzzaun hätten vorhanden sein müssen. Der Täter hat sie offensichtlich beseitigt.

Rund fünf Monate später, am 20. Januar gegen 19.30 Uhr, verließ Hülya Firat die elterliche Wohnung in der Liebenwalder Straße. Sie war auf dem Weg zur Straßenbahnhaltestelle, zirka einen Kilometer entfernt. Augenzeugen, die sie auf ihrem Fußmarsch hätten sehen können, fehlen, was kein Wunder ist, da es bereits dunkel war. Den Fahrgästen ist Hülya nicht aufgefallen. Somit ist nicht auszuschließen, dass sie die Haltestelle nie erreicht hat.

Am Morgen des 23. Januar hat eine Mutter, die den Spielplatz mit ihren zwei Kindern betrat, Hülyas Leiche gefunden. Die Umstände waren die gleichen wie bei Sezen. Der Täter hat sie in der Nacht zuvor abgelegt, etwaige Fußspuren fehlen, ebenso mögliche Augenzeugen.

Die Utrechter Straße, Wohnort von Sezen, und die Liebenwalder Straße, Wohnort von Hülya, liegen unweit dieses ominösen Spielplatzes, zu dem der Täter eine sonderbare Beziehung haben muss. Mike, können Sie sich erklären, was es damit auf sich hat?«

»Ich weiß nicht. Es ist ein stinknormaler Spielplatz, mehr nicht.«

»Wieso geht der Täter dieses Risiko ein? Er muss damit rechnen, beobachtet zu werden. Was macht diesen Spielplatz für ihn so attraktiv?«

»Mitten in der Nacht ist das Risiko nicht groß. Der Spielplatz liegt im Dunkeln und ist um die Uhrzeit leer. Trotzdem würde ich mich dort freiwillig nicht aufhalten wollen.«

»Wen würde man treffen?«

»Durchgeknallte Junkies, versoffene Raufbrüder, lichtscheues Gesindel. Wer weiß, wen es um diese Uhrzeit dahin verschlägt.«

»Von wem wird der Spielplatz tagsüber benutzt?«

»Von Kindern und Eltern aus der Nachbarschaft. Meistens Ausländer. Türken, Araber, Russen … wenig Deutsche.«

»Warum?«

»Weil in der Ecke nicht so viele wohnen. Und wenn, dann gehen die auf andere Spielplätze. Das ist das Revier der Kana … der Ausländer. Das Gelände ist zugemüllt und die Spielgeräte sind demoliert. Auch wenn Sie es nicht gerne hören: Kanakenstyle. Deren zweites Wohnzimmer, sozusagen. Wenn ich ein Kind hätte, ich würde es da auch nicht spielen lassen.«

»Wieso nicht?«

»Wenn sich Fünfjährige mit Karatetritten traktieren, dann weiß ich, was sich bei denen zu Hause abspielt. Vom Umgangston ganz zu schweigen. Wichser, Mutterficker und Drecksack gehören zum Alltagsdeutsch dieser Kinder. Sie haben keinen Anstand, keine Erziehung und keinen Respekt. Von wem sollen sie es auch lernen? Von den Alten, den Brüdern und Schwestern? Oh Mann, denen ist es entweder egal oder sie verhalten sich genauso. Das ist Gosse. Da ist der Kiez.«

»Es ist auch Ihr Kiez.«

»Ich gehöre zu einer Minderheit. Wir haben uns damit arrangiert.«

»Kommen wir noch mal auf die Bedeutung des Spielplatzes für den Täter zu sprechen. Angenommen, es verhält sich so, wie Sie die Verhältnisse beschreiben: Was bringt ihn dazu, ausgerechnet dort seine Opfer aufzubahren?«

»Er will es den Kanaken heimzahlen.«

»Was genau?«

»Den Verlust seiner Heimat, seines Lebensstils,

seiner Weltanschauung. Irgendwas in diese Richtung.«

»Würde das auf einen Deutschen hinweisen? Womöglich aus der rechten Szene?«

»Schon möglich. Es gibt einige braune Brüder in der Ecke. Schwarze Klamotten, kahl rasierte Schädel und Kampfhunde an der Leine.«

»Gehörten Sie auch dazu?«

»Nee, ich sag immer: Leben und leben lassen. Wobei an erster Stelle das Lebenlassen gehört. Ich mag keine Leute, die mir ihre Sicht aufzwängen wollen. Weder Deutsche noch Türken.«

»Das heißt, es gibt ganz bestimmte Leute im Kiez, denen Sie diese Taten zutrauen?«

»Klar. Dem Musikantenstadl-Max, dem Al-Qaida-Ali oder dem georgischen Schuster, dem sie tagein, tagaus ans Schaufenster spucken. Jeder von denen hat einen Grund – aus seiner Sicht.«

»Dafür rächt er sich an jungen türkischen Frauen? Was haben die damit zu tun?«

»So viel und so wenig wie jeder andere auch. Sie sind ein leichteres Ziel als ein Mann. Aber wenn Sie mich fragen, geht das alles in eine völlig falsche Richtung.«

»Was wäre die richtige?«

»Schauen Sie sich doch mal die toten Bräute an. Sie sind mit einem Messer behandelt und dann nackt ans Kreuz geschlagen worden. Eine Muslimin an einem christlichen Kreuz, abgelegt inmitten des türkischen Zentrums vom Wedding. Eine klare Symbolsprache, meiner Meinung nach.«

»Es könnte dennoch nur eine Provokation oder ein Racheakt sein.«

»Sicher. Aber liegt der Verdacht nicht näher, dass

es sich hier um eine ganz persönliche Angelegenheit handelt?«

»Das ist nicht auszuschließen. Worauf wollen Sie hinaus?«

»Es geht dabei nicht um etwas Politisches oder Rassistisches, sondern um eine ganz normale Beziehungskiste.«

»Das würde voraussetzen, dass der Täter Sezen und Hülya gekannt hat. Dass er eine wie auch immer geartete Beziehung zu ihnen hatte.«

»Richtig.«

»Nichts weist darauf hin. Natürlich hat die Polizei diese Möglichkeit überprüft, doch es ergaben sich keinerlei Hinweise. Weder Sezen noch Hülya pflegten Kontakt zu einem bestimmten Mann. Geschweige denn, zu demselben. Auf Grund der Ähnlichkeit der Morde, die Ihnen nachgewiesen und die neu verübt wurden, ist von einem Nachahmungstäter auszugehen.«

»Selimas Schauspielerei war der Polizei auch nicht bekannt.«

»Sezen und Hülya wurden zufällig ausgewählt, weil sie bestimmte Merkmale aufwiesen, die den Täter stimulierten, und nicht weil sie in einer Beziehung zu ihm standen. Das ist eine wesentliche Voraussetzung für die Serientäterschaft.«

»Ich denke, Sie irren sich.«

»Wenig wahrscheinlich. Ich halte mich an gesicherte Ermittlungsergebnisse.«

»Und ich bin der Täter. Wer, glauben Sie, hat mehr Erfahrung in diesen Dingen?«

»Sie *glauben* etwas zu wissen. Das ist lediglich ein Merkmal Ihrer Krankheit.«

»Lassen Sie den Gedanken doch einfach mal zu.

Wir werden sehen, wohin er uns führt.«

»Dafür haben wir keine Zeit. Wir müssen uns an die Ermittlungsergebnisse halten. Sie sind Grundlage dieses Gesprächs.«

»Ich mache Ihnen einen Vorschlag. Schenken Sie mir dreißig Minuten Ihrer so verdammt kostbaren Zeit. Ich werde Ihnen darin meine Sicht der Dinge schildern.«

»Mike, wohin soll das führen?«

»Ich verstehe nicht, wieso Sie sich so sträuben. Was macht dieses Gespräch eigentlich für einen Sinn, wenn Sie nur das zulassen, was Sie hören wollen?«

»Weil ich glaube, dass Sie sich wieder in etwas verrennen. Wir haben das bereits zur Genüge exerziert.«

»Du bist ein autoritärer Fatzke, Professor Rath.«

»Wieso nennen Sie mich so? Bereits vorhin haben Sie mir diesen Namen gegeben.«

»Weil er genau das beschreibt, worauf ich hinaus will.«

»Und, was ist das?«

»Hören Sie mir einfach zu, dann erfahren Sie es.«

Staudt kämpft mit seinem Widerwillen, Warnekes vermeintliche Fantastereien über sich ergehen zu lassen. Aus dem Lautsprecher kommt unerwartet Verständnis. »Geben Sie ihm eine Chance.«

Staudt seufzt verständnislos. »Nun gut, Mike. Sie haben dreißig Minuten. Keine Sekunde länger.«

»Danke, Sie werden es bereuen.«

»Dessen bin ich mir jetzt schon sicher.«

»Fangen wir mit den Leichen an. Genauer: mit dem, was sie darstellen sollen. Man fand sie mit ausgestreckten Armen an einen Holzzaun genagelt.

Dieses Bild erinnert an die Kreuzigungsszene. Auch, dass sie wie Christus nackt waren und Folterspuren aufwiesen. Einzig das Tuch, das Christus' Scham bedeckte, fehlte bei ihnen.«

»Falsch. Es ist vorhanden. Es bedeckt den Kopf beziehungsweise das Gesicht.«

»Aber nicht die Augen. Sie wurden ausgespart. Warum? Sollte der Betrachter ihnen noch in die Augen sehen können?«

»Es sieht eher nach einer Kopfbedeckung aus, wie sie im Orient getragen wird.«

»Folglich sollten sie darunter hervorsehen können.«

»Richtig.«

»Wurden Sezen und Hülya in den drei Tagen ihrer Gefangenschaft sexuell missbraucht?«

»Nichts weist darauf hin.«

»Aber Jungfrauen waren sie keine mehr.«

»Korrekt.«

»Ich nehme an, Sie waren eher zierliche Geschöpfe als ausgewachsene, große Frauen.«

»Ja, man kann ihre Körper fast als kindlich bezeichnen.«

»Nun zu den Folterspuren. Wie viele Messerstiche haben die Ärzte gezählt?«

»Viele.«

»Genauer.«

»Um die fünfzig.«

»Wo wurden sie den Frauen zugefügt?

»Es gibt keine besondere Region. Sie waren über den ganzen Körper verteilt.«

»Auch am Rücken?«

»Nein.«

»Also nur vorne, sodass sie der Betrachter alle sehen konnte.«

»Ja.«

»Gab es auch einen markanten Messerstich in die Brust? Ich meine, wie ihn Christus in die Seite bekommen hatte?«

»Nein. Sie waren ohne erkennbares Muster zugefügt worden. Auch die Tiefe der Stiche war ungefähr gleich. Wenige Zentimeter. Kein Stich, der tödlich gewesen wäre. Allerdings waren lebenswichtige Blutbahnen verletzt worden.«

»Woran sind die Frauen dann gestorben?«

»An Blutverlust.«

»Er hat sie also ausbluten lassen. Wie ein Lamm, das geschächtet wird. Treffender wäre in diesem Fall der türkische Begriff Helal.«

»Nichts weist auf eine kannibalische Tendenz hin.«

»Richtig, Sezen und Hülya verbluteten nicht, weil sie verspeist, sondern weil sie gereinigt werden sollten. Ich habe mir das von Frau Lüppes im Internet heraussuchen lassen. Das Ausbluten wird unter anderem im Koran beschrieben, wenn es um die Speisevorschriften für Muslime geht. Im Mittelpunkt steht der Begriff der Reinheit.«

»Interessant, wie Sie Ihre Zeit genutzt haben.«

»Wie ich schon sagte: Ohne Alkohol ist das, was um mich herum geschieht, weitaus klarer geworden. Das ist auch eine Form der Reinheit.«

»Das freut mich zu hören. Doch wohin führt uns dieser Ausflug in die Kulturgeschichte? Ihre Zeit verrinnt.«

»Wir sind auf dem besten Weg, für Klarheit zu sorgen. Fassen wir kurz zusammen: Ein Tötungsritual wurde an zwei Musliminnen verübt, die keine Jungfrauen mehr waren. Ferner sind die Frauen nackt zur Schau gestellt worden. Der Verlust der Ehre wird damit auf die ganze Familie erweitert. Und um diese Schmach zu toppen, wurden sie auch noch ans Kreuz genagelt. Dadurch fühlt sich jeder gläubige Muslim provoziert.«

»Dann haben die Taten, auf Grund Ihrer Schlussfolgerungen, eine politische Dimension, zumindest eine religiöse? Sehr gut. Ich teile Ihre Ansicht.«

»Ja, das kann ich mir vorstellen. Ich muss Sie jedoch enttäuschen. Mit Politik oder Religion hat das nichts zu tun. Es ist eher eine sehr persönliche Angelegenheit zwischen dem Täter, den Opfern und den Angehörigen. Eine Abrechnung, sozusagen.«

»Es gibt keine Anhaltspunkte für eine persönliche Beziehung zwischen Täter und Opfer.«

»Doch, es gibt sie. Dazu aber später. Zuvor sehen wir uns noch mal diese symbolträchtige Aufbahrung von Sezen und Hülya an.«

»Nicht schon wieder. Was wollen Sie denn da noch alles hineininterpretieren? Gut, ich gebe zu, man kann das so deuten, wie Sie es getan haben. Doch wo sind die Schlussfolgerungen, geschweige denn die Beweise? Wohin führen uns Ihre Fantastereien?«

»Direkt zum Mörder. Sehen wir ihn uns mal genauer an. Was ist das für ein Mensch, der seine Opfer auf diese Art der Öffentlichkeit präsentiert? Zum Ersten: Er hat Fantasie.

Gängiges Staging - so nennt man das doch, wenn Mordopfer am Tatort auf eine bestimmte Art und Weise arrangiert werden? – ist weitaus schlichter, einfallsloser als das hier. Man findet gespreizte Beine, bizarr verrenkte Gliedmaßen, halb verscharrte Körper. Hinweise auf einen eher banalen Geist. Unser Mann jedoch hat Stil und ein Händchen für das Arrangement.«

»Kreuzigungsmotive sind nicht gerade einzigartige Vorlagen für das Staging. Andere Serientäter haben sich daran auch versucht.«

»Ja, sicher, aber mit kläglichem Erfolg. Hier haben wir es mit einer Ansammlung kleiner, fast unscheinbarer Details zu tun. Zum einen sind sie ein Zeichen seiner unverwechselbaren Handschrift, zum anderen sollen sie den Betrachter in die Irre führen, von ihm ablenken. Denn er weiß, seine Gegner sind von Ihrem Kaliber. Er wird es mit gut ausgebildeten Kriminalpsychologen zu tun bekommen, denen man nicht so leicht etwas vormachen kann.«

»Und Sie glauben, die Finte vom Original unterscheiden zu können? Das lernt man nicht in einem Volkshochschulkurs, abends nach der Therapie in der Nervenklinik.«

»Ich gebe mein Bestes. Apropos, habe ich bereits erwähnt, dass Dr. Vockeroth, mein behandelnder Arzt, ein ehemaliger Fechter ist? Sehr interessant, was man so alles erfährt, wenn man Menschen nach ihrer Leidenschaft befragt. Beim Fechten gibt es unter anderem die sogenannte Blöße, die Einladung und die Parade, um nur einige zu nennen. Alles Verhaltensweisen, die einen Angriff des Gegners provozieren sollen, um ihn zu parieren und um anschließend zurückzuschlagen.«

»Erneut flüchten Sie in sachfremdes Terrain. Dieses Mal in den Sport. Mike, wohin führt uns das?«

»Zu einem bewusst gefälschten Bild. Sezen und Hülya sind dabei die Einladung, sich auf einen Wettkampf einzulassen.«

»Der da lautet?«

»Schaut her: Ich bin der Beste und ich werde es euch beweisen.«

»Was will er beweisen?«

»Seine Überlegenheit.«

»Worin besteht sie?«

»In seinem Intellekt, seinen Fähigkeiten, seinem Ego.«

»Unser Mann ist demnach ein krankhafter Narzisst?«

»Wenn ich mich richtig erinnere, dann ist Narzissmus eine Charaktereigenschaft, die sich durch ein geringes Selbstwertgefühl bei gleichzeitig übertriebener Einschätzung der eigenen Wichtigkeit und dem großen Wunsch nach Bewunderung ausdrückt. Ja, ich glaube, der Täter hält sich für unangreifbar. Doch damit gibt er sich nicht zufrieden. Er will es sich ein ums andere Mal beweisen. Er braucht diesen Erfolg, um weiterleben zu können.«

»Hat er suizidale Tendenzen?«

»Anzunehmen. Er muss von einem Menschen schwer verletzt worden sein. Jemand, der ihm seine Grenzen aufgezeigt hat. Für einen Narzissten ist das ein nicht zu akzeptierender Umstand. Ich denke, dieser Mensch, den er nach seiner eigenen Definition über alles geliebt haben muss, war sein ärgster Feind geworden. Er musste ihn töten, um sein Selbst wiederherzustellen. Danach hat er sich gut gefühlt. Eine Zeit lang. Doch irgendetwas hat sich in ihm verändert. Wenn man einmal diese Grenze überschreitet, ist nichts mehr wie vorher. Ist es nicht so?«

»Ja, das trifft zu.«

»Diese Erfahrung hat ihn auf den Geschmack gebracht, wenngleich er mit einem anderen Problem konfrontiert wurde, das ihm vorher nicht bewusst war: Seine Unzulänglichkeit.«

»Wieso? Er ist ein Narzisst. Er ist der Maßstab aller Dinge.«

»Das ist richtig. Dennoch muss es ihn wurmen, dass er das Problem nur über den Tod hat lösen können. Er weiß, Gewalt ist das Mittel der Armen. Wendet er sie an, begibt er sich auf dieselbe Stufe.

Was geschieht nun mit ihm, wenn er keine Lösung für ein immer wiederkehrendes Problem findet? Auf der einen Seite sucht er krankhaft nach Anerkennung, kann sie aber nicht über die gängigen Wege finden. Auf der anderen Seite steht ihm nur das letztendliche Mittel der Gewalt zur Verfügung. Egal, was er tut, er wird scheitern. Treibt ihn das nicht zur Verzweiflung?«

»Gratuliere, Mike. Das war eine halbwegs schlüssige Darlegung der narzisstischen Persönlichkeitsstörung, wie sie sich im malignen, also im bösartigen Stadium dieser Erkrankung offenbaren kann. Ich betone *kann*, nicht muss.

Hiermit haben Sie die Zwischenprüfung auf dem Weg zum Feierabend-Psychologen bestanden. Ich muss jedoch zugeben, dass ich beginne mich zu langweilen. Die Hälfte Ihrer dreißig Minuten sind um. Ich habe Erquickenderes erwartet.

Aber wenn ich es recht bedenke, doch wieder nicht. Sie haben die Zeit genutzt, um in den Lehrbüchern der Psychologie zu wildern. Das sei Ihnen gestattet. Sehen Sie aber von weiteren Ausflügen in meinen Fachbereich ab. Das ist meine Domäne und Sie werden mich nicht beeindrucken. Nun, womit wollen Sie die restlichen fünfzehn Minuten vergeuden?«

»Kommen wir auf das Staging zurück.«

»Meinetwegen. Aber machen Sie schnell.«

»Unser Mann hat eine Kreuzigungsszene nachgestellt. Sie ist nicht mit einem Mann besetzt, sondern mit einer Frau. Auf den ersten Blick eine mäßige Interpretation eines vertrauten Sujets. Wären da nicht weitere Merkmale, die die Ermittlungsbehörden auf eine falsche Spur führen sollten.«

»Sie denken, so schlau ist unser Mann?«

»Was hat es zum Beispiel mit den rund fünfzig Messerstichen auf sich? Keiner der Stiche war tödlich. In der Summe führten sie jedoch zu einem drastischen Blutverlust, wodurch die Opfer starben. Wieso hat er sich so viel Mühe gegeben, wenn ein einziger Stich ins Herz genügt hätte?«

»Ich vermute, Sie kennen eine Antwort darauf.«

»Es muss etwas mit dieser Tötungsart auf sich haben. So ist es zumindest als Schlussfolgerung eines Kriminalpsychologen zu erwarten. Ich, der Feierabend-Psychologe, habe vorhin genau das getan und bin in die Falle gegangen. Ich bin beim Begriff der Reinheit gelandet und habe den Tod sofort mit der ethnischen Zugehörigkeit von Sezen und Hülya in Zusammenhang gebracht. Nichts liegt näher. Der Blick richtet sich nun auf einen Täter, der mit dem Islam oder den Türken in Verbindung steht. Stammt er aus dem türkischen Umfeld oder gar aus der rechten Szene?«

»Einspruch. Hieb- und Stichverletzungen mit einem Messer sind mitunter Bestandteil eines sexuellen Rituals. Von Reinheit ist hier keine Spur zu finden.«

»Das sagt die Statistik, die Sie sicherlich zu Genüge kennen. Jeder Psychologe würde sie in Erwägung ziehen, aber dennoch die Möglichkeit einer anderen Ursache offen halten. Womit wir bei der ausgelegten falschen Fährte wären, die eigentlich eine Falle ist. Was hat es mit dieser seltsamen Tötungsart auf sich? Diese Frage treibt den Psychologen um, und irgendwann wird er eine Antwort darauf finden. Er wird sie finden müssen, da die Kripo ihn drängt. Egal, ob sie sich später als falsch herausstellen wird.«

»Nun beeindrucken Sie mich tatsächlich. Sie kennen also den psychischen Stress während einer Todesermittlung.«

»Sie vergessen, dass ich in einer forensischen Nervenklinik verwahrt werde. Zahlreiche Spezialisten stehen mir zur Seite.

Kommen wir zur falschen Fährte Nummer zwei. Sezen und Hülya wurden nicht sexuell missbraucht. Sie erinnern sich an Ihr Erstaunen zu Beginn dieses Gesprächs, als Sie mir den Missbrauch von Selima unterstellten? Im gleichen Atemzug brachten Sie Ihr Unverständnis zum Ausdruck, wieso ich nicht Gleiches mit Hatice, Jale und Rana getan habe.«

»Mike, Sie vergaloppieren sich. Sie sind für den Mord an Hatice, Jale und Rana verurteilt worden. Ich persönlich glaube, dass Sie auch den Mord an Selima begangen haben. Sezen und Hülya sind sicherlich nicht von Ihnen getötet worden.«

»Für Ihre Theorie der Nachahmerschaft ist dieser Gedanke aber von entscheidender Bedeutung. Dadurch wird der Blick auf den wahren Täter verschleiert.«

»Unsinn. Wir gehen von einem Mann aus, der durch Ihre Taten inspiriert wurde.«

»Falsch. Das soll der Kripo glaubhaft gemacht werden. Ich behaupte, es ist derselbe Mann, der inzwischen sechs Frauen umgebracht hat und nun im Begriff ist, die siebte zu töten.«

»Das ist zutiefst unlogisch. Sie sind rechtmäßig für drei Mordfälle verurteilt worden. Der Sachverständige hat vor Gericht mein Täterprofil bekräftigt.«

»Es fußt auf falschen Fährten.«

»Mike, es hat keinen Sinn, dieses Gespräch fortzuführen. Sie flüchten sich ein ums andere Mal in Ihre Unschuld, die rein rechtlich ja auch gegeben ist. Sie waren zum Zeitpunkt Ihrer Taten krank und wie ich zu meinem Bedauern feststellen muss, hat sich daran nichts geändert.«

»Ich habe noch zehn Minuten. Danach bin ich entweder ein freier Mann oder ich bleibe für den Rest meines Lebens in dieser Anstalt. Bitte gedulden Sie sich.«

»Ich zähle die Minuten. Fahren Sie fort.«

»Sezen und Hülya wurden nicht missbraucht, genauso wenig wie die ersten drei Opfer. Warum nicht, haben Sie mich vorhin gefragt. Ich hätte doch die absolute Gewalt und die volle Kontrolle über die Frauen und die Situation gehabt. Und Sie haben recht. Nichts wäre einfacher gewesen. Wieso verzichtete der Täter darauf? Fehlte die sexuelle Motivation? Wenn ja, welche hatte er dann?

Die Antwort lautet: Er hat sich nicht im Geringsten um die Befriedigung seiner sexuellen Vorlieben gekümmert, sondern ein anderes Bedürfnis befriedigt. Die Frauen dienten allein seiner Selbstverherrlichung.«

»Was aber, wenn der Täter Schwierigkeiten mit seiner Erektionsfähigkeit hat oder sexuell anders ausgerichtet ist?«

»Müssten im ersten Fall dann nicht Spuren des Versuchs zu erkennen und im zweiten Fall Vergeltungsmaßnahmen an den Frauen durchgeführt worden sein?«

»Wenn Manipulation an den primären oder sekundären Geschlechtsteilen fehlen, dann weist, oberflächlich betrachtet, einiges auf Machtausübung hin und die sexuelle Motivation tritt in den Hintergrund. Ja, diese Möglichkeit besteht, sie ist jedoch …«

»… bei mir nicht in Betracht gezogen worden. Ist es wirklich glaubhaft, einem Penner ausschließlich sexuelle Motive zu unterstellen?«

»In jedem zweiten Satz, den Sie und Ihre Kumpane äußern, kommt das Wort ficken vor. Es scheint von Persönlichkeit prägender Bedeutung zu sein.«

»Das ist Alltagssprache, nichts weiter.«

»Entspricht sie Ihrem Alltag oder eher weniger?«

»Wenn Sie meinen, ob ich täglich ficke, dann nein. Ansonsten fickt mich das Leben alltäglich, also ja. Aber das ist Haarspalterei. Entscheidend ist, dass allein die falsche Interpretation dieser beiden Spuren zu mir geführt hat.«

»Sie waren am Tatort, Sie hatten kein Alibi in allen drei Fällen, die Opfer trugen Ihre DNA-Spuren …«

»Ich war ein dankbares Opfer. Versoffen und widerstandslos.«

»Sie sind das Opfer Ihrer Krankheit. Sie haben noch acht Minuten.«

»Das reicht vollkommen. Unser Mann ist nicht nur fantasievoll, er ist auch gebildet. Etwas, das man mir wohl nicht unterstellen kann.«

»Zumindest haben Sie einen Grundkurs in Philosophie bei Frau Gassner belegt. Denken Sie an Epikur in seinem Fass.«

»Genau das meine ich. Er ist gebildet und hat zuweilen Humor. Die Kreuzigungsszene ohne den Stich in Christus' Seite nachzustellen, ist ein Hinweis. Dieser Stich ist geschichtlich nicht belegt. Die Nägel anstatt durch die Hand zwischen Elle und Speiche zu treiben, ist ein weiterer Hinweis auf seine Kenntnis antiker Kreuzigungsmethoden. Das schafft ein verwahrloster Penner wie ich wohl kaum. Schließlich: die Kreuzigung selbst. Entgegen der weit verbreiteten Meinung, dass Kreuzigungen vorwiegend an Christen verübt wurden, gab es sie bereits bei den Phöniziern, dann bei den Griechen, Juden, Römern und sogar bis ins zwanzigste Jahrhundert bei den Japanern. In allen Fällen ist sie eine sehr brutale und degradierende Weise, jemanden zu töten. Auch das Kopftuch, das auf eine muslimische Komponente hinweist, soll nur täuschen.«

»Die Frauen waren schon tot, als sie ans Kreuz kamen.«

»Exakt, und da stellt sich doch die Frage nach dem Warum.«

»Jeder Serientäter hat seine eigene Antwort darauf.«

»In der Malerei ist Christus am Kreuz das wohl am häufigsten gewählte Motiv?«

»Michelangelo, Rembrandt, Gauguin oder auch Dalí hatten ihre eigene Sicht vom Gekreuzigten. El Greco hat Beeindruckendes geschafft.«

»Auch Sie?«

»Ich bin auf einem guten Weg.«

»Das heißt, Sie haben sich schon daran versucht?«

»Jeder Maler tut das.«

»Ich habe Ihren Beitrag zur Kreuzigung auf Ihrer Webseite nicht finden können.«

»Das wird Bestandteil einer neuen Ausstellung sein, die ich noch vorbereite.«

»Ja, ich habe davon gelesen. *Schuld und Sühne* soll sie heißen. Sie findet in Tokyo statt. Wieso nicht in Berlin?«

»Ich benötige etwas Abstand. Zumal ich in Japan auf große Zustimmung stoße.«

»Zum Dritten: Unser Mann ist krankhaft eitel.«

»Woraus schließen Sie das?«

»Mit dem Tod von Rana, dem letzten Opfer, für das ich verurteilt wurde, hätte eigentlich Schluss sein müssen. Damit wäre die Mordserie gelöst und abgeschlossen gewesen.«

»Die Polizei geht von einem Nachahmungstäter aus.«

»Und ich vom gleichen Mann.«

»Unsinn. Sie haben noch drei Minuten.«

»Wie aufgeblasen muss das Ego dieses Mannes sein, der einem Verurteilten seine Opfer nicht lässt? Er hätte einfach damit aufhören müssen und alles wäre in schönster Ordnung gewesen.«

»Das ist nun mal das Attribut von Serientätern. Ein Ende ist kaum abzusehen.«

»Weil ihr Trieb stärker ist als ihr Verstand?«

»Gehen wir von den neuesten Erkenntnissen der Hirnforschung aus, dann trifft das Unterbewusstsein die Entscheidung und der Verstand wiederholt sie nur.«

»Entgegen allen Gesetzen der Vernunft sucht unser Mann also nach neuen Opfern, obwohl er weiß, dass das Viertel polizeilich überwacht wird.«

»Das befördert unter Umständen noch seinen Entschluss. Gefahr ist ein guter Motivator.«

»Um die Gefahr zu verringern, muss er schnell sein. Er hat ein Fahrzeug, in das er die Frauen ziehen kann, und verschwindet danach aus dem Viertel. Die Aktion dauert nicht länger als eine Minute. Was meinen Sie?«

»Das ist eine Möglichkeit.«

»Er bringt sie zu sich nach Hause, wo er ungestört drei Tage mit ihnen arbeiten kann. Er hegt und pflegt sie, gibt ihnen zu essen und zu trinken, verwöhnt sie mit Kosmetika und mit LSD. Wieso der ganze Aufwand?«

»Er hat einiges mit ihnen vor.«

»Was könnten ihm die Frauen geben? Ich meine, nur diese und keine Deutschen, Russinnen oder Schwarze?«

»Sie entsprechen seinem Ideal.«

»Der Typus Frau, wie er Selima gewesen ist?«

»Was hat sie damit zu tun?«

»Sie war die Erste … und ich behaupte die Einzige. Alle, die nach ihr kamen, mussten sich an ihr messen lassen. Doch keine genügte seinem Anspruch. Und so ging es weiter.«

»Kann sein.«

»Habe ich Ihnen schon die Geschichte von Professor Rath erzählt?«

»Nein, aber ich hoffe, Sie lösen das Rätsel bald. Sie haben noch sechzig Sekunden.«

»Professor Rath war ein angesehener, aber auch gefürchteter Lehrer eines Gymnasiums. Um seine Schüler vor der Verdorbenheit der Welt zu retten, ging er in die Blaue Lagune, eine Bar, wo er der Sängerin Lola begegnet. Anstatt sie von seinen Schülern fernzuhalten, verliebt er sich in sie. Er verliert daraufhin seinen Job, seine Frau und wird als dummer August in der Bar verspottet. Schließlich geht er zurück in die Schule und stirbt am Katheder. Emil Jannings spielte den Professor Rath und Marlene Dietrich die Lola-Lola. Ein Klassiker der deutschen Filmgeschichte. Nie davon gehört?«

»Sicher. Irgendwann vor vierzig Jahren. Ich wusste nur nicht mehr, was es mit diesem Professor Rath auf sich hat. Nun, was wollen Sie mir mit diesem Vergleich sagen?«

»Dazu muss ich Ihnen den Rest von Selimas Geschichte erzählen. Sie erinnern sich an den Erfolg des Theaterstücks *Maria Magdalena*, in dem sie eine Rolle spielte, und den Erfolg, den diese kleine Schauspielgruppe damit erzielte? Sie tingelten durch Berlin, einige Monate lang. Sie hatten auch Auftritte in Charlottenburg, bei den Vaganten, nicht weit von Ihrer Wohnung entfernt. Man trifft dort auch renommierte Künstler aus anderen Bereichen, nicht wahr?«

»Ja, sicher.«

»Auch Sie?«

»Gelegentlich.«

»Damals, vor zwei Jahren, wohl öfter. Zumindest sind Sie einigen gut bekannt.«

»Wie viele andere Künstler auch.«

»Das Stück *Maria Magdalena* hatte es Ihnen offensichtlich angetan. Man sah Sie zu jeder Vorstellung.«

»Nicht, dass ich wüsste. Aber, was soll's, Ihre dreißig Minuten sind um.«

»Gerade rechtzeitig. Denn der Mann, den wir suchen … bist du.«

»Wie bitte?«

»Du hast richtig gehört. Du bist der Mörder der türkischen Frauen und von Selima.«

»Mike, Sie fantasieren.«

»Nie war ich so klar wie jetzt. Die Bullen haben 'nen Tipp bekommen. Eine Iranerin, die sie vor zwei Jahren mit ihrer Familie ausgewiesen haben, ist wieder eingereist. Sie hat sich nach ihrer Freundin Selima erkundigt. Du kannst dir vorstellen, wie erschrocken die Kleine war, als sie von ihrem Tod erfahren hat. Es hat sich herausgestellt, dass nicht Hatice ihre beste Freundin war, sondern diese Kleine.

Da hast du wohl was übersehen. Sie sitzt im anderen Zimmer und beobachtet dich.

Sie kann sich noch gut an dich erinnern. Selima hatte ihr alles erzählt. Musst ganz vernarrt in sie gewesen sein. So mit großer Liebe und so. Mann-o-Mann, da lagen vierzig Jahre zwischen euch. Das konnte doch nie gut gehen. Na ja, du hattest Glück, dass du nicht gleich aufgeflogen bist, da die Kleine noch vor Selimas Verschwinden ausreisen musste, und danach erst mal Funkstille zwischen den beiden war. Und die Sache mit der Malerei, bei der sich Selima nackt an ein Kreuz klammern musste, kam wohl auch nicht so gut an.«

Staudt schweigt, schaut Warneke verblüfft in die Augen.

»Okay, ich kann verstehen, wenn du jetzt nichts dazu sagen willst. Der Schock, klar. Jetzt kannste dir aber unjefähr vorstell'n, wie ick mir jefühlt hab, als 'se mir einjesackt hab'n. Scheißbande. Ach ja, noch wat. Die Nummer mit meine Bierflaschen war nich ohne. Da haste leicht meine DNA-Spuren auf die Kleenen packen können. Janz schön jewitzt. Wie lange haste mir schon ausjeguckt jehabt?«

»Mike, ich hatte keine Ahnung, wie ernst es um Sie bestellt ist. Mich für Ihre Taten verantwortlich zu machen, zeugt von einer schweren akuten Krise.«

Staudt blickt an Warneke vorbei in die Kamera. Er erwartet eine Anweisung, was nun geschehen soll. Als sie nicht kommt, schaut er demonstrativ auf seine Armbanduhr.

»Es ist spät geworden. Ich nehme an, die Kripo wird weitere Gespräche mit Ihnen führen wollen, später, wenn es Ihnen wieder besser geht. Ich wünsche Ihnen alles Gute.«

Staudt steht auf, bemüht sich um ein letztes Lächeln und geht zur Tür. Er drückt die Klinke, doch die Tür lässt sich nicht öffnen.

»Was soll das?«

»Du kommst hier nicht eher raus, bis wir die Sache geklärt haben», ruft ihm Warneke zu.

»Unsinn, alles ist geklärt.«

»Es hat keinen Sinn sich zu wehren.«

Staudt geht zu einer der Kameras, bückt sich und spricht hinein.

»Wenn ihr eingeschlafen seid, dann aufwachen. Ich will gehen.«

»Was glaubst du, wie oft ich das in den letzten zwölf Monaten wollte. Nach Hause gehen. Aber hieraus gibt es kein Entrinnen. Glaub mir. Je eher du dich damit abfindest, desto besser. »

»Was wird hier gespielt?!»

Warneke sitzt ruhig auf dem Stuhl und dreht sich eine Zigarette.

»Mich hier raus- und dich hier reinzubringen.«

»Wie bitte?«

»Eine abgekartete Sache. Auch 'ne Kippe?«

Warneke blickt auffordernd in die Kamera. Über die Lautsprecher kommt die Bestätigung: »Bitte setzen Sie sich, Dr. Staudt.«

»Nein. Das Gespräch ist beendet. Öffnen Sie die Tür.«

»Wir sind noch nicht so weit. Bitte setzen Sie sich.« Staudt tritt das Stativ samt Kamera um. »Aufmachen!«

Warneke beruhigt ihn. »Die haben mehr davon, glaub mir. Wir haben das schon ein paar Mal geprobt.«

»Ich verstehe nicht ...«

»Du hast richtig gehört. Du bist am Arsch. Ich hab dir die Chance zur Flucht gegeben. Schon beim ersten Mal, als ich dich Professor Rath genannt habe, hättest du verschwinden sollen. Doch das konntest du nicht, oder? Dein verschissenes Über-Ego lässt das einfach nicht zu, dich von einem Knacki wie mir aufs Kreuz legen zu lassen. Habe ich nicht recht?«

Staudt, überrascht und neugierig, setzt sich wieder auf den Stuhl.

»Was ist hier los?«

Die Tür geht auf und Kriminalhauptkommissar Fiska kommt mit einer jungen Frau herein. In der Hand hält er ein Bild. Er stellt es an Warnekes Seite, sodass Staudt es sehen kann. Es zeigt einen Frauenkörper am Kreuz hängend.

»Die Kollegen aus Tokyo waren so freundlich, es uns zu schicken«, sagt er. »Erkennen Sie es wieder?«

Doch Staudt hat keinen Sinn dafür. Er schaut der jungen Frau in die Augen. Sie kommt auf ihn zu und gibt ihm eine Ohrfeige.

Fiska hält sie zurück. »Beruhigen Sie sich.« Dann zu Staudt gewandt: »Noch einmal. Haben Sie dieses Bild gemalt?«

»Kann sein. Wieso?«

»Die Signatur zeigt zwei Buchstaben. FS. Ist das Ihr Kürzel?«

»Ja. Das heißt aber noch lange nicht …«

»Selima hat mir davon erzählt«, unterbricht die Frau. »Sie musste stundenlang in dieser abscheulichen Pose aushalten.«

»Erkennen Sie Selima auf dem Bild wieder?«

»Ja, sie ist es. Zweifelsfrei.«

»Nein«, widerspricht Staudt. »Das ist ein Modell, das ich in einem Café kennengelernt habe. Und überhaupt, wer ist diese Frau?«

»Das ist Shaadi Khorasani, eine Freundin Selimas.« Er wendet sich ihr zu. »Ist Dr. Staudt der Mann, den Sie damals im Theater der Vaganten gesehen haben?«

»Er kam zu jeder Vorstellung. Danach hat er Selima getroffen.«

»Unsinn«, widerspricht Staudt, »ich habe niemals persönlichen Kontakt zu Selima gehabt. Ja, es kann sein, dass ich dieses Theaterstück gesehen habe. Mit Selima habe ich aber nichts zu tun.«

»Lügner. Sie hat mir alles erzählt. Wie Sie sie in Ihr Atelier gelotst haben, sie betatscht und bestiegen haben.«

»Ich verwehre mich gegen diese haltlosen Anschuldigungen.«

»Schon gut«, sagt Fiska und führt die Frau zur Tür hinaus. Er gibt Warneke ein Zeichen. »Wir sehen uns später, Herr Dr. Staudt.«

»Nein, ich werde jetzt gehen.«

»Sie bleiben. Ich nehme Sie vorläufig fest, wegen dringenden Tatverdachts in sechs Fällen.«

Er schließt die Tür. Staudt und Warneke sind wieder allein.

»Jetzt 'ne Kippe?«

Staudt nimmt sie und macht einen tiefen Zug. »Sind jetzt alle verrückt geworden?«

»Du brauchst dringend Hilfe.«

»Diese Frau will mich in einem Theater gesehen haben. Na und?«

»Sie werden dein Haus durchsuchen. Wenn sie weitere Bilder mit den toten Frauen am Kreuz finden, sieht es schlecht für dich aus.«

»Ich habe niemals bestritten, die Frauen gesehen zu haben. Sie waren zu dieser Zeit alle schon tot.«

»Hast du noch was vom LSD?«

»Es steigert meine Kreativität, wie bei anderen Künstlern auch.«

»Und das Messer, mit dem du die Frauen verletzt hast?«

»Ein gewöhnliches Küchenmesser.«

»Blutspuren am Boden lassen sich noch Jahre später nachweisen.«

»Eine Plastikplane fängt alles auf.«

»Du hast also an alles gedacht.«

»Ein Kriminalpsychologe weiß, was zu tun ist.«

»Und der Mann Felix Staudt?«

»Was meinen Sie?«

»Gibt es kein Souvenir von der geliebten Selima? Ein Foto, ein paar hastig hingeworfene Zeilen auf einem Stück Papier, ein Geschenk, das sie dir gemacht hat? Oder Spuren von ihr in deiner Wohnung … Haare zwischen den Polstern oder ein Höschen hinter der Waschmaschine?«

»Sie werden nichts finden.«

Warneke nimmt das Gemälde zur Hand, das Fiska zurückgelassen hat, und betrachtet es eingehend. »Ich habe lange nach diesem Bild gesucht. Keine Galerie und kein Händler wollte es kennen. Erst der Hinweis auf deiner Homepage über die Ausstellung in Japan hat mich auf die Spur gebracht.«

»Ihnen habe ich das also alles zu verdanken?«

»Man hat hier sehr viel Zeit zum Nachdenken. Vor allem, wenn man keinen Stoff mehr kriegt, um sich zu betäuben. Ich wollte mehr von dem Mann wissen, der den Türken-Schlitzer zur Strecke gebracht hat. Es hat seine Zeit gebraucht und schließlich hatte ich Glück, dass sich diese iranische Freundin gemeldet hat. Damit konnte ich Fiska letzten Endes überzeugen.«

»Diese Farce eines Gesprächs ist Ihre Idee gewesen?«

»Es war meine einzige Chance hier rauszukommen. Dafür musste ich den wahren Mörder liefern.«

»Sie haben mich in eine Falle gelockt … Das wird Ihnen nichts nützen. Ihre Fantastereien werden in sich zusammenfallen.«

»Wir werden sehen … Ihre Augen …«

Warneke dreht das Bild in verschiedene Positionen. »Ihre Augen hast du nicht richtig getroffen.«

»Unsinn.«

»Doch, sie sind irgendwie gewöhnlich. So wie bei jedem zweiten Bild aus einem Einrichtungshaus. Zu schade.«

Staudt reißt ihm das Bild aus der Hand und studiert die betreffende Stelle. »Es stimmt alles bis ins kleinste Detail.«

»Welche Augenfarbe hat sie?«

»Ein glänzendes Dunkelbraun, wie man es nur selten sieht.«

»Eben.«

»Was soll das heißen?«

»Wie willst du lebendige Augen malen, wenn sie bereits tagelang tot war?«

»Da war ein Bild von ihr in der Ermittlungsakte.«

»Richtig, eine typische Blitzlichtaufnahme.«

»Und wenn schon … dann habe ich sie aus der Fantasie heraus gemalt.«

»Selimas Mutter wartet im Nebenraum. Sollen wir ihr das Bild zeigen? Ich wette, sie wird noch weitere interessante Details ihrer geliebten Tochter auf dem Bild erkennen. Zum Beispiel die Kinderlähmung am linken Oberarm. Von einem anderen Bild kannst du das nicht haben und auf den Leichenfotos war sie verbrannt.«

Staudt ist nervös, unschlüssig, ob er auf den Vorschlag eingehen soll.

»Du hast nicht damit gerechnet, dass wir dieses Bild je zu Gesicht bekommen, nicht wahr? Und wenn, dann hätte es jedes x-beliebige Mädchen sein können. Nur Selima war nicht irgendeine. Sie war deine große Liebe. Du konntest sie zwar töten, aber sie niemals verändern. Mit diesem Bild hast du sie in Besitz genommen, so wie sie war … was du im wahren Leben nicht geschafft hast.«

Eine Träne fällt auf das Gemälde in Staudts Händen.

KALIBER .64

FRIEDRICH ANI: Der verschwundene Gast ISBN 978-3-89401-566-4
Tabor Süden, der große Schweiger unter den Kommissaren in der deutschsprachigen Kriminalliteratur, auf der Suche nach einem Vermissten …

ROBERT BRACK: Kalte Abreise ISBN 978-3-89401-480-3
Ein Toter im Luxushotel Atlantik, durch dessen Flure Udo Lindenberg als Phantom schleicht …

HORST ECKERT: Der Absprung ISBN 978-3-89401-497-1
Tom Giering ist SEK-Beamter und ein Mann für die ganz harten Fälle, doch dann beginnt seine Schusshand zu zittern: Parkinson …

GUNTER GERLACH: Engel in Esslingen ISBN 978-3-89401-541-1
Ebbe und Valerian sind zwei Knastbrüder in Freiheit, denen in selbiger reichlich viel schiefgeht …

FRANK GÖHRE: Der letzte Freier ISBN 978-3-89401-496-4
Mord an der Prostituierten Tanja: Sie war bekannt dafür, dass sie ihre Freier auch gern einmal linkte …

ROBERT HÜLTNER: Ende der Ermittlungen ISBN 978-3-89401-553-4
Kommissar Grohm ermittelt in einem Mordfall vor dem Hintergrund des sich zusammenrottenden Nationalsozialismus der 1920er Jahre …

BERNHARD JAUMANN: Geiers Mahlzeit ISBN 978-3-89401-567-1
Ein raffiniertes Katz-und-Maus-Spiel um Wahrheit und Lüge, um Schein und Sein.

EDITH KNEIFL: Der Tod ist eine Wienerin ISBN 978-3-89401-552-7
Was tun, wenn man des Gatten überdrüssig ist, eine Scheidung aber nicht in Frage kommt? Edith Kneifl entwirft einige bös-humorige Szenarien …

CARMEN KORN: Der Fall der Engel ISBN 978-3-89401-482-7
Zwei Fensterstürze in einer Woche. Beide Frauen haben sich für ihren letzten Weg besonders schön herausgeputzt ….

SUSANNE MISCHKE: Sau tot ISBN 978-3-89401-542-8
Nach der Hochzeit in einem niedersächsischen Dorf liegt am nächsten Morgen einer tot – mit Mistforkeeinstichen in der Brust …

CARLO SCHÄFER: Kinder und Wölfe ISBN 978-3-89401-551-0
Der oft betrunkene Pfarrer Schmutz wird in ein Winzerdorf versetzt. Seine Predigten nimmt das Dorf gelassen auf – bis zum ersten Todesfall …

REGULA VENSKE: Mord im Lustspielhaus ISBN 978-3-89401-498-8
Ein ostdeutscher Kabarettist plant einen Auftritt, doch im Hintergrund agiert eine Figur aus alten DDR-Zeiten, und die will nur eines: Rache.

GABRIELE WOLFF: Im Dickicht ISBN 978-3-89401-543-5
Eine kleinbürgerliche Idylle im brandenburgischen Land zersetzt sich schleichend. Ein Psychothriller erster Güte …

64 Seiten und Schluss!